MIMO

# O sol e o peixe

*Prosas poéticas*

*Virginia Woolf*

# O sol e o peixe

*Prosas poéticas*

4ª reimpressão

SELEÇÃO E TRADUÇÃO
Tomaz Tadeu

autêntica

# Apresentação

Virginia Woolf é conhecida por sua obra de ficção e por textos ensaísticos como os contidos nos livros *Um quarto só seu* e *O leitor comum*. Também são razoavelmente divulgadas algumas passagens dos diários e da correspondência. Mas ela foi uma escritora excepcionalmente produtiva. Além de sua atividade privilegiada, a da arte da ficção, Virginia dedicou-se durante toda a vida adulta, sobretudo por necessidade econômica, à escrita de ensaios críticos e de resenhas literárias.

Sua obra de ensaísta está reunida numa série de seis volumes, perfazendo um total de mais de 3.000 páginas. A maioria desses ensaios é de natureza crítica, feita de análises e resenhas da literatura publicada em sua época. Há, entretanto, um pequeno número deles que, pelo estilo e pela temática, estão mais próximos da natureza literária de sua obra de ficção.

São alguns desses ensaios que procurei reunir nesta pequena coletânea. Eles têm, em geral, um tom lírico, poético, experimental. Estão muito próximos do estilo de alguns de seus melhores contos, como "Kew Gardens" ou "Objetos sólidos", ou da seção central de *Ao Farol* (Autêntica, 2013), publicada também como texto autônomo com o título *O tempo passa* (Autêntica, 2013).

Não estão centrados na análise crítica de livros (exceto o ensaio sobre Montaigne e o texto sobre a leitura), mas em cenas, visões, eventos, e outras artes, como o cinema e a pintura. Estão repletos de imagens, metáforas, insinuações. Algumas passagens são quase cifradas, impenetráveis, misteriosas. Como no texto que dá nome ao livro, "O sol e o peixe", em que Virginia contrapõe, numa linguagem de intensa carga poética, seu testemunho de um eclipse total do sol (29 de junho de 1927) à visita a um aquário do zoológico de Londres. Não temos, aqui, a simples descrição de uma experiência, mas a transposição lírica e literária de uma visão. O texto "Anoitecer sobre Sussex" tem o mesmo sabor.

Ainda na mesma linha, em "Flanando por Londres", Virginia destila, numa prosa lírica e imaginativa, sua profunda paixão pela cidade. Sob o pretexto da simples compra de um lápis, ela nos proporciona um passeio que certamente não encontraremos em nenhum guia turístico. Ver uma cidade desse jeito é privilégio da literatura.

Apesar do tema árido, o ensaio focalizado na doença pertence ao mesmo gênero. Ficar de cama faz qualquer um pensar. Mas fazer disso literatura é coisa bem diferente. É preciso o mesmo domínio da arte que a fez escrever obras-primas como *Mrs Dalloway* e *Ao Farol*. Depois dela, talvez apenas Susan Sontag, em *A doença como metáfora*, tenha tentado algo semelhante.

Esses quatro ensaios talvez pudessem ser considerados como pertencendo ao gênero que os franceses chamam de "poema em prosa" e que teve praticantes ilustres como Mallarmé e Baudelaire, para não falar de Valéry. Por não se inserirem na mesma tradição, prefiro vê-los como "prosas poéticas".

O texto sobre Montaigne é, aparentemente, uma simples resenha de uma tradução inglesa dos *Ensaios*. Mas é muito mais que isso e muito diferente disso. Acaba sendo, na verdade, um ensaio sobre a arte do ensaio. Virginia, a discípula, incrusta, como *en abyme*, os *Ensaios* do mestre em seu próprio e pequeno ensaio. Uma joia!

Uma mente como a de Virginia não podia perder o que se passava em outros domínios da cultura. Ela estava atenta, por exemplo, ao que se passava na cena da arte da pintura, e não apenas por ter uma irmã (Vanessa Bell) e um amigo (Roger Fry) que pintavam. Há quem considere, por exemplo, que sua obra tem forte influência da pintura impressionista. O que é certo é que ela estava interessadíssima nas relações entre a sua arte, a da escrita, e a arte da pintura. São essas relações que ela explicita no ensaio "A pintura", no qual, mais do que a mútua influência, ela destaca o caráter irredutível de cada uma delas.

Não é surpresa que ela tenha se interessado pela então incipiente arte do cinema. É verdade que mais para se mostrar desconfiada de qualquer tentativa que viesse atribuir-lhe as potencialidades da arte que era a sua. Mas o que ela diz aqui sobre o cinema mostra não apenas a sua receptividade a tudo que se passava à sua volta, mas também o seu agudo senso crítico. O que é surpresa, entretanto, é que tenha antevisto, já em 1926, algumas das questões que iriam, depois, se tornar centrais nas discussões sobre o cinema.

E, claro, Virginia colocava a sua arte e o objeto que a materializa acima de tudo. Ela dedicou muitas páginas ao livro e à atividade da leitura. O texto aqui incluído, "A paixão da leitura", resume admiravelmente o que ela pensava a respeito. O pequeno ensaio é uma celebração do livro e da leitura.

Finalmente, "Memórias de uma filha" tem um tom mais pessoal. Ela fala aqui de sua complexa e difícil relação com o pai, o historiador e biógrafo Leslie Stephen. É um testemunho comovente e delicado sobre uma figura que ela já havia dissecado, sob o personagem do Sr. Ramsay, em *Ao Farol*.

É isto que a presente coletânea procura mostrar: a face lírica da romancista Virginia Woolf. Em prosa. Poética.

*Tomaz Tadeu*

## Nota

Transcrevo abaixo os títulos originais dos ensaios aqui reunidos, referindo-os aos veículos em que foram publicados pela primeira vez e aos volumes da série em que foram recentemente reunidos (*The Essays of Virginia Woolf*).

"The Sun and the Fish". *Time and Tide*, 3 de fevereiro de 1928. [EVW, v. 4, p. 519-524.]

"Pictures". *Nation & Athenaeum*, 25 de abril de 1925. [EVW, v. 4, p. 243-246.]

"The Cinema". *Arts*, junho de 1926. [EVW, v. 4, p. 348-354.]

"Street Haunting: A London Adventure". *Yale Review*, outubro de 1927. [EVW, v. 4, p. 480-491.]

"Evening Over Sussex on a Motor Car". In: WOOLF, Virginia. *The Death of the Moth and Other Essays*. Londres: Hogart Press, 1942. [EVW, v. 6, p.453-456.]

"On Being Ill". *New Criterion*, janeiro de 1926. [EVW, v. 4, p. 317-329.]

"Montaigne". *Times Literary Supplement*, 31 de janeiro de 1924. [EVW, v. 4, p. 71-81.]

"Leslie Stephen, the Philosopher at Home: A Daughter's Memory". *The Times*, 25 de novembro de 1932. [EVW, v. 5, p. 585-593.]

"The Love of Reading". In: *Preface. Booklist*, novembro de 1931. [EVW, v. 5, p. 271-274.]

## Referências

Andrew McNeillie (org.). *The Essays of Virginia Woolf.* V. 4: 1925-1928. Harcourt, Nova York: 1994.

Stuart N. Clarke (org.). *The Essays of Virginia Woolf.* V. 5: 1929-1932. Harcourt, Nova York: 2010.

Stuart N. Clarke (org.). *The Essays of Virginia Woolf.* V. 6: 1933-1941. Hogarth Press, Londres: 2011.

# I. A vida e a arte

# Montaigne

Uma vez, em Bar-le-Duc, Montaigne viu um retrato que Renê, rei da Sicília, havia pintado de si mesmo, e perguntou: "Por que não é, de igual maneira, lícito, a qualquer um, retratar a si próprio com uma pena, tal como ele fez com um lápis?". De imediato pode-se responder: Não apenas é lícito, mas nada poderia ser mais fácil. Outras pessoas podem nos escapar, mas nossos próprios traços são quase familiares demais. Comecemos, pois. E então, mal nos pomos à obra, a pena nos escapa dos dedos; trata-se de uma questão de uma dificuldade profunda, misteriosa e avassaladora.

Afinal, em toda a literatura, quantas pessoas conseguiram retratar a si mesmas utilizando a pena? Apenas Montaigne e Pepys e Rousseau, talvez. O livro *Religio Medici* é um vidro colorido através do qual vemos, obscuramente, estrelas cadentes e uma alma estranha e turbulenta. Um espelho brilhante e polido reflete o rosto de Boswell espiando por entre os ombros de outras pessoas na famosa biografia. Mas esse falar de si mesmo, seguindo as suas próprias veleidades, fornecendo o mapa inteiro, o peso, a cor e a circunstância da alma em sua confusão, sua variedade, sua imperfeição – essa arte pertenceu a um homem apenas: a Montaigne. À medida que os séculos passam, há sempre uma multidão diante desse quadro, contemplando suas profundidades, vendo nele seus próprios rostos refletidos, vendo mais coisas quanto maior for o tempo que olharem, nunca sendo capazes de dizer exatamente o que veem. Novas edições dão mostras de sua perene fascinação. Dizer a verdade sobre si mesmo, descobrir a si mesmo de tão perto, não é coisa fácil.

> Não temos notícias senão de dois ou três dos antigos que trilharam esse caminho [...]. Ninguém, desde então, seguiu as suas pegadas: É um empreendimento espinhoso, e mais do que parece, esse de perseguir um passo tão caprichoso quanto o de nosso espírito; de penetrar as profundezas opacas de suas dobras internas; de selecionar e fixar tal quantidade dos mínimos aspectos de suas agitações. E é uma distração nova e extraordinária, que nos tira das ocupações ordinárias do mundo: sim, e das mais recomendáveis [...] (II, 2).[1]

Há, em primeiro lugar, a dificuldade de expressão. Entregamo-nos, todos, ao estranho e agradável processo que chamamos "pensar", mas quando se trata de dizer, mesmo a alguém que esteja à nossa frente, aquilo que pensamos, quão pouco, então, somos capazes de transmitir! O fantasma atravessa a mente e salta pela janela antes que tenhamos chance de tomar-lhe as rédeas, ou então afunda e regressa à profunda escuridão que, com luz bruxuleante, iluminou por um momento. Na fala, rosto, voz e dicção complementam nossas palavras e dão força à sua fragilidade. Mas a pena é um instrumento rígido; pode dizer muito pouco; tem todos os tipos de hábitos e cerimônias que lhe são muito próprios. É também ditatorial: está sempre transformando homens comuns em profetas, e transmutando o andar naturalmente indeciso da fala humana na marcha solene e majestosa das penas. É por essa razão que Montaigne destaca-se das legiões dos mortos com uma vivacidade tão irreprimível. Não podemos nunca ter dúvidas de que seu livro era ele próprio. Ele se recusou a dar aulas; ele se recusou a pregar; insistia em dizer que era exatamente como outras pessoas. Todo o seu esforço consistiu em escrever a si próprio, em comunicar, em dizer a verdade, e em afirmar que se trata de um "empreendimento espinhoso, e mais do que parece".

Pois, para além da dificuldade de comunicar aquilo que se é, há a suprema dificuldade de ser aquilo que se é. Esta alma, ou a vida dentro de nós, não combina absolutamente com a vida fora de nós. Se temos a coragem de perguntar-lhe o que ela pensa, ela está sempre dizendo o oposto do que outras pessoas dizem. Outras pessoas, por exemplo, há muito tempo decidiram que cavalheiros de idade de aspecto enfermiço devem ficar em casa e edificar os restantes com o espetáculo de sua fidelidade conjugal. A alma de Montaigne dizia, ao contrário, que é na velhice que se deve viajar, e o casamento que, sem dúvida, raramente se baseia no amor, está sujeito a se tornar, no fim da vida, um laço formal que é preferível desfazer. Igualmente, na política, os estadistas estão sempre louvando a grandeza do Império e pregando o dever moral de civilizar o selvagem. Mas vejam os espanhóis no México, exclamou Montaigne num acesso de cólera. "Tantas cidades arrasadas, tantas nações exterminadas, [...] e a parte mais rica e bela do mundo revirada pelo comércio da pérola e da pimenta: Vis vitórias." [III, 6]. E, depois, quando os camponeses chegaram e lhe disseram que tinham encontrado um homem morrendo por causa de ferimentos e o tinham abandonado com medo de que a justiça pudesse incriminá-los, Montaigne perguntou:

> Que lhes poderia ter dito? É certo que esse dever de humanidade lhes teria causado problemas. [...] Não há nada tão profundamente, tão extensamente imperfeito quanto as leis: nem tão frequentemente (III, 13).

Aqui, a alma, tornando-se inquieta, fustiga as formas mais palpáveis dos grandes pesadelos de Montaigne, a convenção e a cerimônia. Mas observem-na enquanto ela cisma, junto à lareira, no aposento interior daquela torre que, embora separada do edifício principal, tem uma ampla vista de toda a propriedade. Realmente, ela é a criatura mais estranha do mundo; nada heroica, ela é instável como galo de cata-vento. Pois Montaigne vê a si mesmo como "acanhado, insolente, casto, luxurioso, falador, taciturno, laborioso, delicado, engenhoso, estúpido, melancólico, bonachão, mentiroso, sincero, sábio, ignorante, e liberal e avaro e pródigo" (II, 1). Em suma, ela é tão complexa, tão indefinida, correspondendo tão pouco à versão que a representa em público, que um homem pode passar a sua vida simplesmente tentando localizá-la. O prazer da perseguição é mais do que suficiente para nos recompensar por qualquer dano que possa ser causado a nossas esperanças mundanas. O homem que está consciente de si mesmo é, a partir daí, independente; e nunca está entediado, e a vida é apenas curta demais, e ele está impregnado de uma ponta a outra de uma profunda – ainda que comedida – felicidade. Ele, sozinho, vive, enquanto outras pessoas, escravas da cerimônia, deixam a vida passar por elas numa espécie de sonho. Conforme-se uma vez, faça uma vez o que outras pessoas fazem porque elas o fazem, e uma letargia toma conta, lentamente, de todos os nervos e todas as capacidades mais delicadas da alma. Ela se torna toda espetáculo e vazio exterior; embotada, insensível e indiferente.

Se pedirmos, pois, a esse grande mestre da arte da vida para nos contar seu segredo, ele certamente nos aconselhará a nos recolher para o aposento interior de nossa torre e ali folhear as páginas dos livros, perseguir fantasia após fantasia enquanto elas dão caça umas às outras chaminé acima, e deixar o governo do mundo para outros. Retiro e contemplação – esses devem ser os principais elementos de sua receita. Mas não; Montaigne não é, de maneira alguma, explícito. É impossível extrair uma resposta simples desse homem sutil, entre sorridente e melancólico, de olhos pesadamente cerrados e de expressão sonhadora, brincalhona. A verdade é que a vida no interior, com seus livros e seus vegetais e suas flores, é, muitas vezes, extremamente tediosa. Ele nunca poderia verificar que suas ervilhas verdes eram muito melhores que a dos outros. Paris era o lugar de que ele mais gostava no mundo inteiro – "até mesmo as suas verrugas e as suas manchas" (III, 9). Quanto à leitura, ele raramente podia ler qualquer livro por mais de uma hora seguida, e sua memória era tão ruim que esquecia o que estava na sua mente enquanto ia de um quarto para o outro. O conhecimento livresco não é nada de que alguém possa se orgulhar, e quanto aos feitos da ciência, a que se reduzem eles? Ele tinha sempre se dado bem com homens inteligentes, e seu pai tinha verdadeira veneração por eles, mas ele observara que, embora eles tivessem seus bons momentos, suas rapsódias, suas visões, os mais inteligentes dentre eles tremem, chegando às raias da loucura. Observe a si próprio: num momento, você está todo animado; no seguinte, um copo quebrado deixa-o à beira de um ataque de nervos. Todos os extremos são perigosos. É melhor ficar no meio da estrada, nas trilhas costumeiras, por mais lamacentas que sejam. Ao escrever, escolha as palavras comuns; evite a rapsódia e a eloquência – mas, é verdade, a poesia é deliciosa; a melhor prosa é aquela que está mais plena de poesia.

Parece, pois, que devemos ter em mira uma simplicidade democrática. Podemos desfrutar de nosso aposento na torre, com as paredes pintadas e as espaçosas estantes de livros, mas lá embaixo, no jardim, cavando, está um homem que enterrou o pai esta manhã, e é ele e os de sua estirpe que vivem a vida real e falam a língua real. Existe certamente um elemento de verdade nisso. As coisas são ditas com muita precisão na ponta mais baixa da mesa. Há, talvez, mais das qualidades que importam entre os ignorantes do que entre os estudados. Mas, de novo, que coisa vil é a turba! "Mãe da ignorância, da injustiça e da inconstância. É razoável que a vida de um sábio dependa do julgamento dos tolos?" (II, 16). Suas mentes são débeis, moles e sem poder de resistência. É preciso dizer-lhes o que é conveniente que saibam. Não lhes cabe enfrentar os fatos tais como são. A verdade só pode ser conhecida pela alma bem-nascida – "*l'âme bien née*". Quais são, pois, essas almas bem-nascidas que devemos imitar? Quem dera Montaigne nos iluminasse mais precisamente.

Mas não. "Não ensino; conto" (III, 2). Afinal, como poderia ele explicar as almas de outras pessoas quando não podia dizer nada "de maneira completa, simples e sólida, sem confusão e sem embaralhamento, nem numa única palavra" (II, 1) sobre a sua própria alma, quando, na verdade, ela se tornava a cada dia cada vez mais obscura para ele? Há, talvez, uma única qualidade ou princípio – não se deve estabelecer regras. As almas às quais desejaríamos nos assemelhar, como Etienne de La Boétie, por exemplo, são sempre as mais flexíveis. "Trata-se de existir, mas manter-se preso e obrigado por necessidade a uma única trilha não é viver" (III, 3). As leis não passam de meras convenções, absolutamente incapazes de dar conta da vasta variedade e desordem dos impulsos humanos; hábitos e costumes constituem uma conveniência inventada para servir de apoio a naturezas tímidas que não ousam dar livre curso a suas almas. Mas nós, que temos uma vida própria e a consideramos infinitamente como a mais cara de nossas posses, suspeitamos sobretudo de qualquer tipo de afetação. Assim que começamos a discursar, a agir com afetação, a ditar leis, nós perecemos. Vivemos, então, para outros, não para nós mesmos. Devemos respeitar aqueles que se sacrificam ao serviço público, enchê-los de honrarias e ter pena deles por permitirem, como devem, o inevitável compromisso; mas, para nós mesmos, deixemos ir embora a fama, as honrarias e todos os cargos que nos deixam em obrigação para com os outros. Deixemo-nos fervilhar sobre nosso incalculável caldeirão, nossa enfeitiçadora confusão, nossa miscelânea de impulsos, nosso perpétuo milagre – pois a alma vomita maravilhas a cada segundo. Movimento e mudança são a essência de nosso ser; a rigidez é morte; o conformismo é morte: vamos dizer o que nos vem à cabeça, vamos nos repetir, nos contradizer, deitar fora o mais insensato dos absurdos, e seguir as mais fantásticas fantasias sem nos importarmos com o que o mundo faz ou pensa ou diz. Pois nada importa a não ser a vida; e, naturalmente, a ordem.

Essa liberdade, pois, que é a essência de nosso ser, tem que ser controlada. Mas é difícil ver que poder devemos invocar para nos ajudar, uma vez que toda restrição à opinião própria ou à lei pública é ridicularizada, e Montaigne nunca para de lançar desprezo sobre a desgraça, a fraqueza, a vacuidade da natureza humana. Seria talvez desejável, então, nos voltarmos para a religião para nos guiar? "Talvez" é uma de suas expressões favoritas; "talvez" e "eu acho" e todas aquelas palavras que atenuam as precipitadas suposições da ignorância humana. Essas palavras nos ajudam a amortecer opiniões que seriam muito pouco oportunas para serem pronunciadas claramente. Pois não dizemos tudo; há algumas coisas que, no momento, é aconselhável apenas sugerir. Escrevemos para umas pouquíssimas pessoas, que compreendem. Certamente, busquem a orientação divina, não tenham dúvidas, mas existe, entretanto, para aqueles que vivem uma vida própria, um outro monitor, um censor invisível no interior, "um chefe dentro de nós" (III, 2), cuja censura deve ser mais temida que a de qualquer outro, porque ele sabe a verdade; da mesma forma, não existe nada mais agradável do que o sinal de sua aprovação. Esse é o juiz ao qual devemos nos submeter; esse é o censor que nos ajudará a atingir aquela ordem que é a benção de uma alma bem-nascida. Pois "é uma vida especial aquela que se mantém em ordem mesmo a sós" (III, 2). Mas ele agirá sob sua própria luz; por algum equilíbrio interno atingirá aquela estabilidade precária e sempre mutante que, embora controle, de forma alguma trava a liberdade da alma para explorar e experimentar. Sem outro guia, e sem precedentes, é sem dúvida muito mais difícil viver bem a vida privada do que a pública. É uma arte que cada um deve aprender sozinho, embora haja, talvez, dois ou três homens, como Homero, Alexandre o Grande, Epaminondas, entre os antigos, e Etienne de La Boétie, entre os modernos, cujo exemplo pode nos ajudar. Mas é uma arte; e o próprio material sobre o qual ela trabalha é variável e complexo e infinitamente misterioso – a natureza humana. Devemos nos manter próximos da natureza humana. "É preciso viver entre os vivos" (III, 8). Devemos recear qualquer excentricidade ou refinamento que nos separe de nossos semelhantes. Abençoados são aqueles que conversam facilmente com seus vizinhos sobre o seu esporte ou as suas construções ou as suas brigas e honestamente apreciam a conversa de carpinteiros e jardineiros. Comunicar é a nossa principal tarefa; a associação e a amizade são nossos principais prazeres; e ler, não para adquirir conhecimento, não para ganhar a vida, mas para ampliar nossa interação para além de nossa época e de nossa província. Há tantas maravilhas no mundo; alcíones e terras não descobertas, homens com cabeça de cachorro e olhos no peito, e leis e costumes, é bem possível, muito superiores aos nossos. É possível que estejamos adormecidos neste mundo; é possível que haja algum outro que é visível a seres com um sentido que agora nos falta.

Eis aqui, então, apesar de todas as contradições e de todas as qualificações, algo definido. Esses ensaios são uma tentativa para fazer uma alma entrar em comunicação. Sobre esse ponto, ao menos, ele é explícito. Não é fama que ele quer; não é que os homens o citem pelos séculos afora; ele não está erigindo nenhuma estátua no meio da praça; ele quer apenas que sua alma entre em comunicação. Comunicação é saúde; comunicação é verdade; comunicação é felicidade. Compartilhar é nosso dever; mergulhar energicamente e trazer à luz aqueles pensamentos ocultos que são os mais mórbidos; não esconder nada; não fingir nada; se somos ignorantes, dizê-lo; se gostamos de nossos amigos, fazer com que o saibam.

> Pois, como sei por bem sólida experiência, não existe melhor consolo, quando da perda de nossos amigos, do que o que nos é dado pela consciência de que nada deixamos de lhes dizer, e de ter tido com eles uma perfeita e franca comunicação de amigo (II, 8).

Há pessoas que, quando viajam, se fecham em si mesmas, "protegendo-se do contágio de um ambiente desconhecido" (III, 9), em silêncio e desconfiança. Quando comem precisam ter o mesmo tipo de comida que têm em casa. Qualquer visão e costume é ruim a não ser que se assemelhe aos de seu próprio vilarejo. Viajam apenas para voltar. É a maneira mais errada de abordagem. Devemos começar sem nenhuma ideia fixa sobre onde vamos passar a noite, ou quando pretendemos voltar; o caminho é tudo. Mais necessário que tudo, mas sorte das mais raras, devemos tentar encontrar, antes de partir, algum homem de nossa própria classe que vá conosco e a quem podemos dizer a primeira coisa que nos vem à cabeça. Pois o prazer não tem nenhuma graça a menos que o partilhemos. Quanto aos riscos – que possamos apanhar um resfriado ou ter uma dor de cabeça – sempre vale a pena arriscar uma doença passageira em nome do prazer. "O prazer é uma das principais espécies de proveito" (III, 13). Além disso, se fizermos o que gostamos, sempre faremos o que é bom para nós. Médicos e sábios podem ter as suas objeções, mas deixemos os médicos e os sábios com sua própria e triste filosofia. Quanto a nós, que somos homens e mulheres comuns, vamos dar graças à Natureza por sua generosidade, usando cada um dos sentidos que ela nos deu; variar o nosso estado tanto quanto possível; voltar ora este lado, ora aquele, para o calor, e saborear ao máximo, antes que o sol se ponha, os beijos da juventude e os ecos de uma bela voz cantando Catulo. Todas as estações são desfrutáveis, e dias úmidos e dias lindos, vinho tinto e vinho branco, companhia e estar só. Mesmo o sono, essa deplorável redução do prazer da vida, pode ser pleno de sonhos; e as ações mais comuns – uma caminhada, uma conversa, ficar só no seu próprio pomar – podem ser intensificadas e iluminadas pela associação da mente. A beleza está por toda parte, e a beleza está a apenas dois dedos de distância da bondade. Assim, em nome da saúde e da sanidade, não descansemos no fim da jornada. Que a morte nos surpreenda plantando nossas couves, ou no lombo de um cavalo, ou nos permita escapulir para alguma casinha no interior onde estranhos possam fechar os nossos olhos, pois um criado soluçando ou o toque de uma mão nos deixariam arrasados. Melhor ainda, que a morte nos encontre em nossas ocupações normais, entre moças e bons camaradas que não façam nenhuma declaração ou lamento; que ela nos encontre "entre os jogos, os festins, as brincadeiras comuns e populares, e a música, e versos de amor" (III, 9). Mas chega de morte; é a vida que importa.

É a vida que emerge cada vez mais claramente à medida que esses ensaios alcançam não seu final, mas sua suspensão, a toda velocidade. É a vida que absorve cada vez mais, à medida que a morte se aproxima, o seu eu, a sua alma, cada fato da existência: veste simples meias de seda tanto no verão quanto no inverno; põe água no vinho; não consegue cortar o cabelo após ter almoçado; tem um copo especial para tomar água; nunca usou lentes; tem uma voz forte; carrega uma vareta na mão; tende a morder a língua; não consegue deixar de remexer impacientemente os pés; tem vontade de coçar as orelhas; gosta de carne fétida; limpa os dentes com um guardanapo (graças a Deus, eles estão bons!); não dorme sem cortinas na cama; e, o que é muito curioso, começa por gostar de rabanetes, depois não gosta mais, e então gosta de novo. Nenhum fato é demasiado insignificante para que o deixe escorregar pelos dedos, e além do interesse dos fatos em si há o estranho poder que possui de mudá-los pela força da imaginação. Observem como a alma está sempre projetando suas próprias luzes e suas próprias sombras; como torna oco o substancial e substancial o frágil; enche a plena luz do dia com sonhos; é tão animada por fantasmas quanto pela realidade; e, no momento da morte, diverte-se com uma bobagem qualquer. Observem, também, sua duplicidade, sua complexidade. Fica sabendo da perda de um amigo e se solidariza, mas tem um malicioso e agridoce prazer nas desgraças de outros. Ela crê; ao mesmo tempo, não crê. Observem sua extraordinária suscetibilidade a impressões, especialmente na juventude. Um homem rico rouba porque lhe davam pouco dinheiro quando criança. Levanta-se uma parede para si porque o pai gostava de construção.

Em suma, a alma está toda ornada de nervos e simpatias que afetam cada uma de suas ações, e contudo, mesmo agora, em 1580, ninguém tem nenhum conhecimento cristalino – covardes que somos, amantes que somos das fáceis maneiras convencionais – de como ela funciona ou o que ela é, exceto que, entre todas as coisas, ela é a mais misteriosa, e o nosso eu o maior dos monstros e o maior dos milagres do mundo. "[...] quanto mais me percorro e me conheço, mais minha deformidade me surpreende, menos compreendo a mim mesmo." (III, 11). Observe, observe perpetuamente e, enquanto houver tinta e papel, "sem cessar e sem fadiga" (III, 9), Montaigne escreverá.

Mas resta uma questão final que, se pudermos fazer com que tire os olhos de sua absorvente ocupação, gostaríamos de fazer a esse grande mestre da arte da vida. Nesses extraordinários volumes de sentenças breves e interrompidas, longas e sábias, lógicas e contraditórias, ouvimos o próprio pulso e ritmo da alma, batendo dia após dia, ano após ano, através de uma veia que, à medida que o tempo passa, se afina quase até a transparência. Eis aqui alguém que se saiu bem na arriscada empresa de viver; que serviu o seu país e viveu retirado; foi senhor de terras, marido, pai; entreteve reis, amou mulheres, e meditou por horas, sozinho, em cima de livros antigos. Por meio da experimentação e da observação contínuas do que existe de mais sutil conseguiu, finalmente, um miraculoso ajuste de todas aquelas caprichosas partes que constituem a alma humana. Ele agarrou a beleza do mundo com todos os dedos. Ele atingiu a felicidade. Se tivesse que viver de novo, disse ele, ele teria vivido a mesma vida outra vez. Mas, quando observamos com intenso interesse o absorvente espetáculo de uma alma vivendo abertamente diante dos nossos olhos, uma questão se impõe: É o prazer o fim de tudo? De onde vem esse avassalador interesse pela natureza da alma? Por que esse desejo avassalador para se comunicar com os outros? É a beleza do mundo suficiente ou existe, em algum outro lugar, alguma explicação desse mistério? A isso que resposta pode haver? Nenhuma. Apenas mais uma questão: "*Que sçay-je?*" ["Que sei eu?"].

1. As referências remetem às seções e aos capítulos do livro *Ensaios*, de Michel de Montaigne, com traduções feitas diretamente do francês pelo tradutor da presente coletânea.

# Memórias de uma filha: Leslie Stephen, o filósofo em casa

Na fase em que os filhos estavam crescendo, os grandes dias da vida de meu pai tinham acabado. Suas façanhas nos rios e nas montanhas tinham se passado antes de eles nascerem. Relíquias delas podiam ser encontradas espalhadas pela sala – a taça de prata em cima da lareira do escritório; os enferrujados bordões de alpinista inclinados no canto contra a estante de livros; e ele falaria, até o fim de seus dias, dos grandes alpinistas e exploradores com uma mistura peculiar de admiração e inveja. Mas seus próprios dias de ação tinham acabado; e meu pai tinha de se contentar em perambular pelos vales da Suíça ou dar uma pequena caminhada pelas charnecas da Cornualha.

O fato de que perambular pelos vales da Suíça e dar pequenas caminhadas significava mais em seus lábios do que nos de outras pessoas está se tornando mais óbvio agora que alguns de seus amigos começam a dar suas próprias versões dessas aventuras. Ele saía após o café da manhã, sozinho ou com algum acompanhante. Voltava um pouco antes do jantar. Se a caminhada tivesse sido bem-sucedida, ele pegava o seu grande mapa e comemorava o feito, assinalando um novo atalho com tinta vermelha. E era inteiramente capaz, ao que parece, de caminhar a passos largos o dia todo pelas charnecas sem falar mais do que uma ou duas palavras com seu acompanhante. Por essa época, além disso, ele tinha terminado de escrever *A história do pensamento inglês no século dezoito*, que é considerada por alguns como sua obra-prima; e a *Ciência da Ética* – o livro que lhe interessava mais; e *O parque de diversão da Europa*, no qual pode ser encontrado o texto "O pôr do sol no Mont Blanc" – em sua própria opinião a melhor coisa que ele já escrevera.

Ele ainda escrevia diária e metodicamente, embora nunca por muito tempo. Em Londres, ele escrevia na sala grande do último andar da casa, com suas três grandes janelas. Escrevia quase deitado numa cadeira de balanço que ele jogava para trás e para frente, como um berço, e enquanto escrevia tirava baforadas de um pequeno cachimbo de cerâmica, com os livros espalhados num círculo em torno dele. O som surdo de um livro que caía no chão podia ser ouvido na sala de baixo. E muitas vezes, enquanto subia as escadas para o escritório com seu passo firme e regular, ele irrompia não numa canção, pois não era nada musical, mas numa estranha cantoria rítmica, pois versos de todos os tipos, todos "pura bobagem", como ele dizia, e as mais sublimes palavras de Milton e Wordsworth não lhe saíam da memória, e o ato de caminhar ou escalar parecia inspirá-lo a recitar qualquer coisa que lhe desse na telha ou que combinasse com o seu estado de humor.

Mas era sua habilidade com os dedos que mais divertia os filhos antes que eles pudessem perambular nos seus calcanhares pelas aleias ou ler seus livros. Ele enfiava uma folha de papel entre as lâminas de uma tesoura e dali saltava um elefante, um veado ou um macaco, com trombas, chifres e rabos delicada e precisamente moldados. Ou, pegando um lápis, ele desenhava um animal atrás do outro – uma arte que ele praticava quase inconscientemente enquanto lia, de maneira que as folhas de guarda de seus livros estavam cheias de corujas e burros como se para ilustrar as exclamações "Oh, seu burro!" ou "Asno presunçoso" que ele costumava rabiscar impacientemente nas margens. Esses breves comentários, nos quais se pode encontrar o gérmen das frases mais moderadas de seus ensaios, lembram algumas das características de sua fala. Ele podia ser muito silencioso, como testemunharam seus amigos. Mas suas observações, feitas subitamente num tom de voz baixo entre as baforadas de seu cachimbo, eram extremamente eficazes. Às vezes, com uma só palavra – mas essa única palavra vinha acompanhada de um gesto das mãos – ele descartava o emaranhado de exageros que sua própria sobriedade parecia provocar. "Há 40.000.000 de mulheres solteiras apenas em Londres!", informou-lhe uma vez Lady Ritchie. "Oh, Annie, Annie!", exclamou meu pai em tons de escandalizada mas afetuosa repreensão. Mas Lady Ritchie, como se gostasse de ser repreendida, exagerava ainda mais na próxima visita.

As histórias que ele contava para divertir os filhos, sobre as aventuras nos Alpes – mas acidentes aconteciam apenas, explicava ele, se a pessoa fosse muito tola para desobedecer aos seus guias – ou sobre aquelas longas caminhadas, após uma das quais, de Cambridge a Londres num dia de calor, "Eu bebi, lamento dizer, bem mais do que devia", eram contadas muito rapidamente, mas com uma curiosa capacidade para deixar a cena marcada na nossa mente. As coisas que ele não dizia estavam sempre presentes no pano de fundo. Assim, além disso, embora raramente contasse anedotas, e sua memória para fatos fosse ruim, quando ele descrevia uma pessoa – e ele tinha conhecido muitas pessoas, tanto famosas quanto obscuras – ele transmitia exatamente o que ele pensava dela em duas ou três palavras. E o que ele pensava podia ser o oposto do que outras pessoas pensavam. Ele tinha um jeito de desmanchar reputações estabelecidas e desconsiderar valores convencionais que podia ser desconcertante e às vezes, talvez, injurioso, embora ninguém respeitasse mais do que ele qualquer sentimento que lhe parecesse genuíno. Mas quando, subitamente abrindo seus olhos azuis e brilhantes, e despertando do que parecia ser uma completa abstração, ele dava sua opinião, era difícil desconsiderá-la. Tratava-se de um hábito, especialmente quando a surdez tornou-o inconsciente de que sua opinião podia ser ouvida, que tinha suas inconveniências.

"Eu sou o mais facilmente entediado dos homens", escreveu ele, sinceramente como sempre: e quando, como é inevitável numa família grande, alguma visita ameaçava ficar não apenas para o chá, mas também para a ceia, meu pai expressava sua ansiedade primeiro mexendo e remexendo uma certa mecha do cabelo. Depois, ele despejava, um pouco para si mesmo, um pouco para os poderes celestiais, mas facilmente audível, seu queixume: "Por que ele não vai embora? Por que ele não vai embora?". Mas tal é o charme da simplicidade – e não dizia ele, também sinceramente, que "os chatos são o sal da terra"? – que os chatos raramente iam embora ou, se iam, perdoavam-no e tornavam a vir.

Talvez se tenha falado demasiadamente de seu silêncio; e colocado muita ênfase em sua reserva. Ele tinha paixão pelo pensamento claro; odiava a sentimentalidade e a efusão; mas isso não significava, de maneira alguma, que ele fosse frio ou imperturbável, perpetuamente crítico e condenatório. Pelo contrário, era sua capacidade de sentir fortemente e de expressar seu sentimento com vigor que às vezes o tornava uma companhia tão assustadora. Uma senhora, por exemplo, queixou-se do verão chuvoso que estava estragando sua temporada na Cornualha. Mas para o meu pai, embora ele nunca tivesse se considerado um democrata, a chuva significava que o trigo estava sendo empilhado; algum pobre homem estava sendo arruinado; e a energia com a qual ele expressara sua solidariedade – não com a senhora – deixou-a desconcertada. Ele tinha pelos agricultores e pescadores quase o mesmo respeito que tinha por alpinistas e exploradores. Assim, além disso, ele pouco falava de patriotismo, mas durante a Guerra da África do Sul – e ele odiava todas as guerras – ele acordava pensando que tinha ouvido os tiros no campo de batalha. Aliás, nem sua razão nem seu imperturbável bom senso contribuíam para convencê-lo de que uma criança podia estar atrasada para o jantar a não ser que tivesse sido ferida ou morta num acidente. E nem toda a sua matemática juntamente com um extrato bancário, que ele insistia dever ser detalhado ao extremo, conseguia persuadi-lo, na hora de assinar um cheque, de que a família toda não estava "mergulhada na ruína", como ele gostava de dizer. As imagens que ele traçava a respeito da idade avançada e de ter-se a falência decretada, de homens de letra arruinados que têm de sustentar famílias grandes em casas pequenas em Wimbledon (ele era proprietário de uma casinha em Wimbledon) podiam ter convencido os que se queixam de suas frases contidas de que ele era capaz de exageros quando assim lhe conviesse.

Mas a atitude pouco sensata era superficial, como provava a rapidez com que ela se desvanecia. O talão de cheques era fechado; Wimbledon e a casa de correção eram esquecidos. Algum pensamento de caráter jocoso fazia com que ele desse um risinho abafado. Pegando o chapéu e o bordão, chamando o cachorro e a filha, ele saía a caminhar pelos Kensington Gardens, onde ele tinha caminhado quando garoto, onde o irmão, Fitzjames, e ele tinham feito belas reverências à jovem rainha Vitória e ela lhes tinha feito um ligeiro aceno, e ia adiante, rodeando a Serpentine, em direção ao Hyde Park Corner, onde ele havia uma vez saudado o próprio grande Duque; e depois de volta à casa. Ele não era, nesse momento, nada "assustador"; ele era muito simples, muito confiável; e seu silêncio, embora pudesse continuar intacto desde o Round Pound até o Marble Arch, era curiosamente pleno de significado, como se estivesse pensando alto sobre poesia e filosofia e as pessoas que ele tinha conhecido.

Ele próprio era o mais abstêmio dos homens. Fumava cachimbo o tempo todo, mas nunca um charuto. Usava as roupas até ficarem demasiadamente rotas para serem suportadas; e mantinha suas opiniões antiquadas e bastante puritanas a respeito do vício da luxúria e do pecado da ociosidade. As relações entre pais e filhos têm hoje uma liberdade que teriam sido impossíveis com meu pai. Ele esperava certo padrão de comportamento, inclusive de cerimônia, na vida familiar. Mas se liberdade significa o direito de ter os seus próprios pensamentos e seguir as suas próprias metas, então ninguém respeitava a liberdade – na verdade, insistia nela – mais completamente do que ele. Os filhos, com exceção do exército e da marinha, podiam seguir a profissão que quisessem; as filhas, embora ele valorizasse muito pouco a educação superior para as mulheres, deviam ter a mesma liberdade. Se em algum momento ele repreendia severamente uma filha por fumar um cigarro – fumar não era, em sua opinião, um hábito adequado para o outro sexo – ela só precisava perguntar-lhe se ela podia se tornar uma pintora para ele lhe assegurar que, desde que ela levasse seu trabalho a sério, ele lhe daria todo o apoio possível. Ele não tinha nenhum amor especial pela pintura; mas ele mantinha sua palavra. Uma liberdade como essa valia por mil cigarros.

Era a mesma coisa com o problema talvez mais difícil da literatura. Mesmo hoje pode haver pais que questionem o acerto de permitir que uma garota de 15 anos vasculhe à vontade uma biblioteca vasta e sem qualquer censura. Mas meu pai permitia. Havia certos fatos... ele lhes fazia referência muito brevemente, muito timidamente. Entretanto, "leia o que quiser", dizia ele, e todos os seus livros, "ensebados e sem valor", como ele gostava de dizer, mas eles certamente eram muitos e variados, eram para ser desfrutados sem lhe pedir permissão. Ler o que a gente gostava porque gostava, nunca para fazer de conta que admirava o que a gente não admirava – esta era sua única lição sobre a arte da leitura. Escrever com o mínimo possível de palavras, tão claramente quanto possível, exatamente o que se queria dizer – esta era sua única lição sobre a arte da escrita. O resto devia ser aprendido por própria conta. Contudo, uma criança devia ser extremamente infantil para não sentir que esse era o ensinamento de um homem de grande erudição e vasta experiência, embora ele nunca impusesse suas próprias visões ou alardeasse seu próprio conhecimento. Pois, como observava seu alfaiate quando via meu pai passar por sua loja na Bond Street: "Ali vai um cavalheiro que veste boas roupas sem sabê-lo".

Naqueles últimos anos, tornando-se cada vez mais solitário e surdo, ele às vezes se dizia um fracasso como escritor: ele tinha sido "bom em muita coisa mas exímio em nenhuma". Mas tenha sido ou não um bom escritor, ele deixou uma impressão notável de si mesmo nas mentes dos amigos. Meredith o via, na juventude, como "Apolo transformado num monge em regime de jejum"; Thomas Hardy, anos mais tarde, olhava para a "figura magra e desolada" do monte Schreckhorn e pensava nele,

*Que escalou seu pico com vida e corpo em risco,*
*Levado talvez por vagas imaginações*
*De semelhanças com sua personalidade*
*Em sua estranha melancolia, penetrantes luzes e porte austero.*

Mas o elogio que ele teria valorizado mais, pois, embora fosse agnóstico, ninguém acreditava mais profundamente no valor das relações humanas, teria sido o tributo de Meredith após sua morte: "Ele era, na minha opinião, o único homem digno de ter esposado tua mãe". E Lowell, quando o designou "L. S., o mais amável dos homens", foi quem melhor descreveu a qualidade que o torna, após todos esses anos, inesquecível.

# A paixão da leitura

Nesta época tardia da história do mundo, encontram-se livros por toda parte da casa – no quarto das crianças, na sala de estar, na sala de jantar, na cozinha. E, em algumas casas, eles aumentaram tanto que têm que ser acomodados num aposento exclusivo. Romances, poemas, histórias, memórias, livros caros em couro, livros baratos em brochura – detemo-nos diante deles e, num assombro passageiro, perguntamos: que prazer extraímos ou que proveito tiramos ao percorrer com os olhos essas inumeráveis linhas em letra de imprensa?

Ler é uma arte muito complexa – é o que nos revelará até mesmo o exame mais apressado de nossas sensações como leitores. E nossas obrigações como leitores são muitas e variadas. Mas talvez se possa dizer que nossa primeira obrigação para com um livro é que devemos lê-lo pela primeira vez como se o tivéssemos escrevendo. Para começar, devemos nos sentar no banco dos réus e não na poltrona do juiz. Devemos, nesse ato de criação, não importa se bom ou ruim, ser cúmplices do escritor. Pois cada um desses livros, não importando o gênero ou a qualidade, representa um esforço para criar algo. E nossa primeira obrigação como leitores é tentar entender o que o escritor está fazendo, desde a primeira palavra com que compõe a primeira frase até a última com que termina o livro. Não devemos impor-lhe nosso plano, não devemos tentar fazer com que sua vontade se conforme à nossa. Devemos deixar que Defoe seja Defoe e que Jane Austen seja Jane Austen tão livremente quanto deixamos que o tigre tenha seu pelo e a tartaruga sua carapaça. E isso é muito difícil. Pois uma das qualidades da grandeza consiste em deixar que o céu e a terra e a natureza se conformem à visão que lhes é própria.

Os grandes escritores exigem, assim, que façamos frequentes e heroicos esforços para lê-los corretamente. Eles nos vergam, eles nos quebram. Ir de Defoe a Jane Austen, de Hardy a Peacock, de Trollope a Meredith, de Richardson a Rudyard Kipling é ser torcido e distorcido, é ser jogado violentamente para um lado e para o outro. E isso vale também para os escritores menores. Cada um deles é singular; cada um tem uma visão, uma experiência, uma característica própria que pode entrar em conflito com a nossa, mas que devemos permitir que se expresse plenamente se quisermos fazer-lhe justiça. E os escritores que mais têm para nos oferecer são, muitas vezes, os que mais violentam os nossos preconceitos, particularmente se são nossos contemporâneos, de maneira que precisamos de toda a imaginação e compreensão se quisermos tirar o máximo proveito daquilo que eles podem nos oferecer.

Mas ler, como sugerimos, é um ato complexo. Não consiste simplesmente em estar em sintonia e compreender. Consiste, também, em criticar e em julgar. O leitor deve deixar o banco dos réus e se acomodar na poltrona do juiz. Deve deixar de ser amigo; deve se tornar juiz. E este segundo processo, que podemos chamar de processo pós-leitura, pois é, frequentemente, realizado sem termos o livro à nossa frente, proporciona um prazer ainda mais sólido do que o obtido quando estamos virando as páginas. Durante a leitura, novas impressões estão sempre anulando ou completando as velhas. Deleite, raiva, enfado, riso se alternam, enquanto lemos sem parar. O julgamento fica em suspenso, pois não podemos saber o que está por vir. Mas agora o livro acabou. Tomou uma forma definitiva. E o livro como um todo é diferente do livro há pouco absorvido em variadas e diferentes partes. Ele tem uma forma, ele tem um ser. E essa forma, esse ser, pode ser retido na mente e comparado com a forma de outros livros e se lhe pode atribuir o seu próprio tamanho e insignificância em comparação com os deles.

Mas se esse processo de julgar e decidir está cheio de prazer, está também cheio de dificuldades. Não se pode esperar muita ajuda do exterior. Críticos e resenhas críticas abundam, mas ler as opiniões de outra mente não ajuda muito quando a nossa ainda está fervendo de um livro que acabamos de ler. É só depois que formamos nossa opinião que as opiniões dos outros se mostram mais esclarecedoras. É quando podemos defender nosso próprio julgamento que obtemos o máximo do julgamento dos grandes críticos – os Johnson, os Dryden e os Arnold. Para que possamos tomar nossa decisão, a melhor forma de ajudarmos a nós mesmos é, primeiro, compreender tão completa e exatamente quanto possível a impressão que o livro deixou e, depois, comparar essa impressão com as impressões que formulamos no passado. Elas estão ali, penduradas no armário da mente – as formas dos livros que já lemos, como roupas que tiramos e penduramos à espera da estação adequada. Assim, se acabamos de ler pela primeira vez, digamos, *Clarissa Harlowe*, nós o pegamos e deixamos que se mostre contra a forma que continua em nossa mente desde que lemos *Ana Karenina*. Colocamos os dois lado a lado e, imediatamente, as silhuetas dos dois livros aparecem recortadas uma contra a outra tal como o canto de uma casa (para mudar de figura) aparece recortado contra a plenitude da lua cheia. Contrastamos as características salientes de Richardson com as de Tolstói. Contrastamos a sua obliquidade e verbosidade com a brevidade e a falta de rodeios de Tolstói. Perguntamo-nos por que cada escritor escolheu um ângulo tão diferente de abordagem. Comparamos a emoção que sentimos em diferentes crises de seus livros. Especulamos sobre as diferenças entre o século dezoito na Inglaterra e o século dezenove na Rússia – mas as questões que se insinuam assim que juntamos os livros não têm fim. Assim, por etapas, fazendo perguntas e respondendo-as, descobrimos que decidimos que o livro que acabamos de ler é deste tipo ou do outro, que tem este ou aquele nível de mérito, toma o seu lugar neste ou naquele ponto na literatura como um todo. E se somos bons leitores julgamos, assim, não apenas os clássicos e as obras-primas dos mortos, mas prestamos aos escritores vivos o cumprimento de compará-los como devem ser comparados: com o padrão dos grandes livros do passado.

Assim, pois, quando os moralistas nos perguntam o que ganhamos quando nossos olhos percorrem essa pilha de páginas impressas, podemos responder que estamos fazendo nossa parte como leitores no processo de colocar obras-primas no mundo. Estamos fazendo nossa parte na tarefa criativa – estamos estimulando, encorajando, rejeitando, mostrando nossa aprovação ou desaprovação; e estamos, assim, testando e incentivando o escritor. Esta é uma das razões para se ler livros – estamos ajudando a trazer livros bons ao mundo e a tornar os ruins impossíveis. Mas essa não é a real razão. A real razão continua inescrutável – a leitura nos dá prazer. É um prazer complexo e um prazer difícil; varia de época para época e de livro para livro. Mas ele é suficiente. Na verdade, o prazer é tão grande que não se pode ter dúvidas de que sem ele o mundo seria um lugar muito diferente e muito inferior ao que é. Ler mudou, muda e continuará mudando o mundo. Quando o dia do juízo final chegar e todos os segredos forem revelados, não devemos ficar surpresos ao saber que a razão pela qual evoluímos do macaco ao homem, e deixamos nossas cavernas e depusemos nossos arcos e flechas e sentamos ao redor do fogo e conversamos e demos aos pobres e ajudamos os doentes, a razão pela qual construímos, partindo da aridez do deserto e dos emaranhados da floresta, abrigos e sociedades, é simplesmente esta: nós desenvolvemos a paixão da leitura.

# II. A rua e a casa

# Flanando por Londres

É possível que nunca ninguém tenha querido um lápis tão apaixonadamente. Mas há circunstâncias em que pode se tornar muitíssimo desejável possuir um desses objetos; ocasiões em que estamos determinados a comprar alguma coisa: um pretexto para caminhar pela metade de Londres entre o chá e o jantar. Assim como o caçador de raposas caça para manter a estirpe dos cavalos e o jogador de golfe joga para manter os espaços abertos ao abrigo das construtoras, assim também a nós, quando nos vem o desejo de flanar pelas ruas, o lápis serve de pretexto, e levantando da cadeira dizemos: "Tenho mesmo que comprar um lápis", como se sob o manto dessa desculpa pudéssemos nos entregar sem risco ao maior dos prazeres da vida urbana no inverno: flanar pelas ruas de Londres.

A hora deve ser à tardinha, e a estação, o inverno, pois no inverno a luminosidade cor de champanhe do ar e a sociabilidade das ruas são adoráveis. Não somos então atormentados, como no verão, pela saudade da sombra e do sossego e dos aprazíveis ares dos campos de feno. O entardecer nos permite, além disso, desfrutar da irresponsabilidade que a escuridão e a luz da lâmpada nos conferem. Não somos mais exatamente o que somos.

Quando, num bonito fim de tarde, entre as quatro e as seis horas, colocamos os pés fora de casa, deixamos cair a máscara pela qual nossos amigos nos conhecem e nos tornamos parte desse vasto exército republicano de vagabundos anônimos, cuja companhia, após a solidão de nosso quarto, nos é tão agradável. Pois aqui nos sentamos rodeados por objetos que perpetuamente expressam a excentricidade de nossos humores e reforçam as lembranças de nossa experiência. Esse vaso sobre a lareira, por exemplo, foi comprado em Mântua num dia de muito vento. Estávamos saindo da loja quando a sinistra velhinha nos puxou pela saia e disse que ia acabar morrendo de fome um dia desses, mas "Leve-o!", gritou, enfiando o vaso de porcelana azul e branca em nossas mãos como se não quisesse jamais ser lembrada de sua quixotesca generosidade. Assim, com culpa, mas com a impressão, não obstante, de que tinham enfiado a mão no nosso bolso, carregamo-lo para o hotel, onde, no meio da noite, o hoteleiro começou a discutir com tal violência com a mulher que todos nos inclinamos sobre o pátio para olhar e vimos as videiras enroscadas nos mourões e as estrelas brancas no céu. O momento cristalizou-se, ficando para sempre gravado como uma moeda, entre milhões que escaparam sem serem percebidos. Havia também o melancólico inglês que se levantava entre as xícaras de café e as mesinhas de ferro e revelava, como é costume dos viajantes, os segredos de sua alma. Tudo isso – a Itália, a manhã ventosa, as videiras enroscadas nos mourões, o cavalheiro inglês e os segredos de sua alma – ergue-se como uma nuvem do vaso de porcelana sobre a lareira. E ali, quando nossos olhos batem no chão, está aquela marca marrom no tapete. Foi por causa do

Sr. Lloyd George. "O homem é um demônio", disse o Sr. Cummings, largando no chão a chaleira com a qual estava prestes a encher o bule de chá, marcando, assim, o tapete com um círculo marrom.

Mas quando a porta se fecha atrás de nós, tudo isso desaparece. A carapaça que nossas almas tinham excretado para se abrigarem, para construírem para si uma forma diferente das outras, se parte, e dessas pregas e asperezas todas o que resta é uma ostra central de perceptividade, um enorme olho. Como é bonita uma rua no inverno! Ela se revela e, ao mesmo tempo, se torna obscura. Aqui se pode, com certa imprecisão, traçar avenidas retilíneas e simétricas feitas de portas e janelas; aqui, sob as lâmpadas, flutuam ilhas de luz pálida pelas quais passam rapidamente homens e mulheres reluzentes, que, apesar de pobres e esfarrapados, carregam certo aspecto de irrealidade, um ar de triunfo, como se tivessem escapulido da vida, de maneira que a vida, privada de sua presa, cambaleia por aí sem eles. Mas, afinal, estamos apenas deslizando suavemente na superfície. O olho não é minerador, não é mergulhador, não é caçador de um tesouro enterrado. Ele nos faz flutuar suavemente regato abaixo; descansando, parando, o cérebro dorme, talvez, enquanto olha.

Como é bonita, pois, uma rua de Londres, com suas ilhas de luz e seus pomares de escuridão, e num lado dela, talvez, algum espaço salpicado de árvores, atapetado de grama, no qual a noite está se embrulhando para instintivamente dormir, e, quando passamos pelo gradeado, escutamos o leve crepitar e estalejar das folhas e dos gravetos que parece supor o silêncio dos campos em volta, uma coruja piando e, ao longe, o chocalhar de um trem no vale. Mas isto é Londres, somos lembrados;

no alto, entre as árvores nuas, pendem molduras retangulares de luz amarelo-avermelhada – janelas; há pontos brilhantes ardendo continuamente como se fossem estrelas próximas – lâmpadas; esse terreno vazio, que contém em si o país e a sua paz, é apenas uma praça de Londres, marcada por escritórios e casas onde luzes obstinadas ardem, a essa hora, sobre mapas, sobre documentos, sobre escrivaninhas, às quais se sentam amanuenses, folheando, com dedos úmidos, os arquivos de intermináveis correspondências; ou, de maneira mais difusa, a chama tremula e a luz se derrama sobre a privacidade de alguma sala de visitas, com suas poltronas, seus papéis, sua porcelana, sua mesa marchetada e o vulto de uma mulher, medindo cuidadosamente o número preciso de colheres de chá que... Ela olha para a porta como se tivesse ouvido uma campainha no andar de baixo e alguém perguntando: ela está?

Mas aqui devemos forçosamente nos deter. Corremos o risco de cavar mais fundo do que o olho permite; agarrando-nos a algum galho ou raiz, retardamos nossa travessia pela plácida correnteza. A qualquer momento, o dormente exército pode começar a se mexer e despertar em nós, em resposta, violinos e trombetas; o exército dos seres humanos pode acordar e fazer valer suas excentricidades e desgraças e baixezas. Demoremo-nos um pouco mais, contentemo-nos ainda com as superfícies apenas – o brilho reluzente dos ônibus a motor; o esplendor carnal dos açougues, com suas paletas amarelas e seus lombos rubros; os buquês de flores azuis e rubras inflamando tão bravamente as vitrines das floriculturas.

Pois o olho tem esta estranha propriedade: repousa apenas na beleza; como uma borboleta, busca o colorido e se delicia com o caloroso. Numa noite de inverno como esta, quando a natureza se esforça para se arrumar e se enfeitar, ele traz de volta os mais belos troféus, rompe pequenos grumos de esmeralda e coral como se a terra toda fosse feita de pedras preciosas. O que ele não pode fazer (estamos falando do olho comum, não profissional) é compor esses troféus de uma maneira que ressalte as arestas e as relações mais obscuras. Por isso, após uma prolongada dieta dessa alimentação simples, açucarada, de beleza pura e desarranjada, tornamo-nos conscientes da saciedade. Detemo-nos à porta da sapataria e damos alguma pequena desculpa, que não tem nada a ver com o real motivo, para fechar a brilhante parafernália das ruas e nos recolher a alguma câmara mais escura do ser onde podemos perguntar, enquanto assentamos obedientemente nosso pé esquerdo na banqueta: "Como é, pois, ser uma anã?"

Ela chegou escoltada por duas mulheres que, embora de tamanho normal, pareciam, ao lado dela, benévolos gigantes. Sorrindo para as balconistas, elas pareciam estar se eximindo de qualquer ligação com sua deformidade, mas também a assegurando da proteção que lhe davam. Ela carregava a expressão insolente e, ao mesmo tempo, defensiva que é comum no rosto dos deformados. Precisava da bondade delas, mas, ao mesmo tempo, ressentia-se com isso. Mas quando a balconista foi convocada e as mulheres gigantes, sorrindo indulgentemente, perguntaram por sapatos para "esta senhora" e a moça empurrou a banqueta para a sua frente, a anã apresentou o pé com uma impetuosidade que parecia exigir toda a nossa atenção. Vejam isto! Vejam isto! ela parecia exigir de todos nós enquanto estendia o pé, pois, vejam só, o que se contemplava era o pé bem torneado e perfeitamente proporcionado de uma mulher de altura normal. Era arqueado; era aristocrático. Toda a sua atitude mudou enquanto o contemplava, repousado na banqueta. Parecia lisonjeada e satisfeita. Sua atitude era agora de total autoconfiança. Mandou trazerem um sapato atrás do outro; experimentou um par atrás do outro. Levantava-se e volteava diante de um espelho que refletia apenas o pé, em sapatos amarelos, em sapatos beges, em sapatos de pele de lagarto. Erguia a diminuta saia e exibia suas diminutas pernas. Estava pensando que os pés são, afinal de contas, a parte mais importante de uma pessoa; há mulheres, dizia para si mesma, que foram amadas apenas por seus pés. Nada vendo além dos pés, talvez imaginasse que o resto de seu corpo combinava com aqueles belos pés. Estava pobremente vestida, mas pronta a esbanjar dinheiro em sapatos. E como essa era a única ocasião em que não temia ser olhada, mas, ao contrário, afirmativamente ansiava por atenção, ela estava disposta a utilizar qualquer artifício para prolongar a escolha e a experimentação. Olhem para os meus pés, parecia dizer, enquanto dava passos para um lado e para o outro. A balconista, jovialmente, deve ter dito algo lisonjeiro, pois, de repente, seu rosto se iluminou, em êxtase. Mas, afinal, as mulheres gigantes, por mais benevolentes que fossem, tinham seus próprios assuntos a tratar; ela devia se resolver; devia fazer sua escolha. Finalmente, o par foi escolhido e, enquanto saía entre suas guardiãs, com o pacote balançando nos dedos, o êxtase desvanecia-se, a lucidez retornava, a antiga insolência, o antigo ar defensivo estavam de volta, e quando chegou novamente à rua, tinha se tornado de novo apenas uma anã.

Mas ela mudara o clima; criara uma atmosfera que, enquanto a seguíamos em direção à rua, parecia, na verdade, produzir o corcunda, o torto, o deformado. Dois homens barbudos, aparentemente irmãos, cegos por completo, que se arranjavam com a ajuda de um garoto em cuja cabeça apoiavam a mão, marchavam rua abaixo. Ali iam eles, com aquele passo – obstinado, embora vacilante – dos cegos, que parece emprestar à sua passagem algo do terror e da inevitabilidade do destino que os atingiu. Ao passar, firme em frente, o pequeno comboio parecia abrir ao meio – com a força de seu silêncio, de sua inflexibilidade, de seu desastre – a massa de pedestres. Na verdade, a anã dera início a uma dança grotesca e cambaleante à qual todo mundo na rua agora se submetia: a robusta senhora estreitamente envolvida em seu lustroso casaco de pele de foca; o garoto retardado que chupava o punho de prata de sua bengala; o velho senhor acocorado nos degraus de uma casa como se, repentinamente tomado pelo absurdo do espetáculo humano, tivesse se sentado para observá-lo – todos reunidos no manca-e-pisa da dança da anã.

Em que fendas e frestas, poder-se-ia perguntar, eles se alojam, esta estropiada companhia dos cegos e dos coxos? Aqui, talvez, nos quartos do último andar dessas velhas e estreitas casas entre Holborn e Soho, onde as pessoas têm nomes tão estranhos e praticam ofícios tão curiosos, são batedores de ouro, são plissadores de acordeões, cobrem botões ou ganham a vida, ainda mais excentricamente, com o comércio de conjuntos de xícaras e pires, de cabos de porcelana para guarda-chuvas e de pinturas de santos mártires ricamente coloridas. Ali eles se alojam, e tem-se a impressão de que a senhora de jaqueta de pele de foca, ao passar as horas do dia com o plissador de acordeões, ou com o homem que cobre botões, deve achar a vida tolerável; uma vida tão fantástica não pode ser inteiramente trágica. Eles não guardam ressentimentos de nós, de nossa prosperidade – é o que gostaríamos de pensar; quando, de repente, virando a esquina, damos de cara com um judeu barbudo, perturbado, roído de fome, os olhos faiscando sua desgraça; ou passamos pelo corpo curvado de uma velha atirada no degrau de um prédio público, com uma capa por cima, como se fosse um pano velho apressadamente jogado sobre um cavalo ou um burro morto. Diante dessas visões, os nervos da espinha parecem se eriçar; um súbito clarão se agita em nossos olhos; faz-se uma pergunta que nunca é respondida. São muitas as vezes em que esses coitados escolhem ficar a não mais que dois passos de distância dos teatros; numa proximidade tal dos realejos que o som ainda lhes chegue aos ouvidos; tão perto, à medida que a noite avança, dos convivas e dançarinos que quase podem tocar os seus casacos cobertos de lantejoulas e as suas pernas cintilantes. Ficam próximo daquelas vitrines onde o comércio oferece, a uma multidão de velhas jogadas nos degraus, de cegos, de anões cambaleantes, sofás que são sustentados pelos pescoços dourados de soberbos cisnes; mesas marchetadas, cobertas com cestas de uma variedade de frutas coloridas; aparadores de mármore verde para melhor sustentar o peso das cabeças de javalis; e tapetes tão desbotados pelo tempo que os cravos de seu desenho quase se diluíram no mar de um verde esmaecido.

Ao passarmos, ao olharmos, tudo nos parece acidentalmente mas miraculosamente salpicado de beleza, como se a maré de comércio que deposita sua carga tão pontual e prosaicamente sobre as praias de Oxford Street não tivesse, nesta noite, depositado senão tesouros. Sem nenhuma intenção de comprar, o olho é travesso e generoso; ele cria; ele enfeita; ele amplia. Parados no meio da rua, podemos erigir os aposentos de uma casa imaginária e mobiliá-los ao nosso bel prazer com sofás, mesas, tapetes. Este tapete ficará bem na entrada. Este vaso de alabastro será posto sobre uma mesa entalhada junto à janela. Nossa cara de alegria irá se refletir neste espelho redondo e espesso. Mas, tendo construído e mobiliado a casa, não temos, felizmente, nenhuma obrigação de tomar posse dela; podemos desmanchá-la num piscar de olhos, e construir e mobiliar uma outra com outras cadeiras e outros espelhos. Ou nos fartarmos nos joalheiros de antiguidades, entre as bandejas de anéis e os colares pendurados. Escolhamos estas pérolas, por exemplo, e então imaginemos como a vida seria outra se as usássemos. De repente, são duas ou três horas da madrugada; as luzes ardem muito brancas nas ruas desertas de Mayfair. Apenas carros a motor estão na rua a esta hora, e temos uma sensação de vazio, de leveza, de alegria solitária. Portando pérolas, vestindo seda, caminhamos até um terraço que dá para os jardins de uma dormente Mayfair. Há umas poucas luzes nos quartos de grandes pares do reino que voltam da Corte, de lacaios de meias de seda, de velhas damas que apertaram as mãos de estadistas. Um gato desliza pelo muro do jardim. Sibilantemente, sedutoramente, por detrás de grossas cortinas verdes, faz-se amor nos lugares mais escuros do quarto. Andando calmamente, como se estivesse passeando por uma elevação sob a qual se estendem, banhados pela luz do sol, os domínios e os condados da Inglaterra, o envelhecido Primeiro Ministro conta para Lady Fulana de Tal, com seus cachos e esmeraldas, a verdadeira história de alguma grande crise nos negócios do país. Parece que estamos montados no mastro mais alto do mais alto dos navios; mas, ao mesmo tempo, sabemos que nada disso importa; o amor não é vivido desse jeito, tampouco é desse jeito que os grandes feitos se consumam; assim, debruçados sobre o terraço, observando o gato banhado pela luz da lua deslizar pelo muro do jardim da Princesa Mary, brincamos com o momento e nele nos deleitamos com preguiça.

Mas o que poderia ser mais absurdo? Tudo se passa, na verdade, enquanto batem as seis horas; é uma tardezinha de inverno; caminhamos pela Strand para comprar um lápis. Como, então, estamos também num terraço, usando pérolas em junho? O que poderia ser mais absurdo? Mas a loucura é da natureza, não nossa. Quando se debruçou sobre sua grande obra-prima, a fabricação do homem, ela deveria ter pensado numa única coisa. Em vez disso, virando a cabeça, olhando por sobre os ombros, em cada um de nós ela deixou infiltrar instintos e desejos que estão em total desacordo com o ser central do homem, de tal sorte que somos raiados, mesclados, uma mistura só; as cores se espalharam. O verdadeiro eu é este que está na rua em janeiro ou é aquele que se debruça sobre o terraço em junho? Estou aqui ou estou lá? Ou o verdadeiro eu não é nem este nem aquele, não está nem aqui nem lá, mas é algo tão variado e errante que é apenas quando damos rédea aos seus desejos e o deixamos seguir seu caminho livremente que somos verdadeiramente nós mesmos? As circunstâncias impõem a unidade; por conveniência, um homem deve ser um todo. O bom cidadão, quando entra em casa no final da tarde, deve ser um banqueiro, um jogador de golfe, um marido, um pai; não um nômade errando pelo deserto, um místico contemplando o céu, um libertino nos cortiços de San Francisco, um soldado liderando uma revolução, um pária gemendo de descrença e solidão. Quando entra em sua casa, ele deve, como o resto, passar os dedos pelos cabelos e largar o guarda-chuva no vestíbulo.

Mas aqui, e já não era sem tempo, estão os sebos. Aqui encontramos ancoragem nessas contracorrentes do ser; aqui recuperamos o equilíbrio após os esplendores e as misérias das ruas. A própria visão da mulher do livreiro com o pé na grade da lareira, sentada ao lado de um bom fogo alimentado a carvão, protegida da porta, é tranquilizante e animadora. Ela nunca lê, ou lê apenas o jornal; sua conversa, quando não está vendendo livros, coisa que ela faz muito alegremente, é sobre chapéus; ela gosta que um chapéu seja prático, diz ela, além de bonito. Ah não, eles não moram no estabelecimento; eles moram em Brixton; ela precisa ter um pouco de verde para olhar. No verão, um vaso de flores cultivadas no seu próprio jardim é colocado em cima de alguma pilha empoeirada para dar vida à livraria. Os livros estão por toda parte; e nos invade sempre a mesma sensação de aventura. Livros usados são livros à solta, livros sem teto; eles se juntaram em vastos bandos de plumagem mesclada, e têm um encanto que os livros da biblioteca não têm. Além disso, nessa aleatória e heterogênea companhia, podemos dar de cara com algum completo estranho que, com sorte, se tornará o melhor amigo que temos no mundo. Há sempre a esperança, enquanto alcançamos algum livro esbranquiçado de uma prateleira superior, atraídos por seu ar de desleixo e de abandono, de nos encontrarmos aqui com um homem que se pôs na garupa de um cavalo cem anos atrás para explorar o mercado de lã na região de Midlands ou no País de Gales; um viajante desconhecido, que parou em pousadas, tomou sua cerveja, observou garotas bonitas e costumes severos, anotou tudo rigorosamente, laboriosamente, por puro prazer (o livro foi publicado às suas próprias custas); ele era infinitamente prosaico, minucioso, e terra a terra, e deixemo-lo, assim, misturar-se, sem que ele o saiba, ao próprio cheiro da malva-rosa e do feno, juntamente com um retrato tal de si próprio que lhe dê, para sempre, um assento num lugar quentinho junto ao fogo da lareira da mente. Podemos agora comprá-lo por dezoito pênis. Está marcado como custando três xelins e meio, mas a mulher do livreiro, vendo que as capas estão gastas e que o livro está ali há muito tempo, desde que foi comprado nalgum leilão da biblioteca de um cavalheiro em Suffolk, deixará que o levem por aquela quantia.

Assim, passando os olhos pela livraria, fazemos outras dessas súbitas e caprichosas amizades com o ignoto e o desaparecido cujo único registro é, por exemplo, este pequeno livro de poemas, tão bem impresso e estampando um primoroso retrato do autor. Pois ele era poeta e morreu prematuramente afogado, e seu verso, por medíocre que seja e formal e sentencioso, emite ainda um som fraco e aflautado como o de um realejo tocado, resignadamente, em alguma ruela ao longe, por um velho italiano agasalhado numa jaqueta de veludo. Há também as viajantes, em fileiras e mais fileiras de livros, ainda dando testemunho, indômitas solteironas que eram, dos desconfortos por que passaram e dos poentes que admiraram na Grécia quando a Rainha Vitória era menina. Um passeio pela

Cornualha, com uma visita às minas de estanho, foi considerado digno de volumoso registro. As pessoas subiam o Reno lentamente e faziam retratos umas das outras em tinta nanquim, sentadas no convés lendo um livro, ao lado de um rolo de corda; mediam as pirâmides; ficavam longe da civilização por anos; convertiam negros, em longínquos e pestilentos pântanos. Isso de fazer malas e partir, explorando desertos e pegando febres, estabelecendo-se na Índia por toda uma vida, embrenhando-se até na China e depois voltando para levar uma vida pacata em Edmonton, vira e revira sobre a poeira do assoalho como um mar revolto, tão inquietos são os ingleses, com as ondas à sua própria porta. As águas da viagem e da aventura parecem desembocar em pequenas ilhas de esforço sério e de trabalho de toda uma vida amontoadas pelo chão em colunas desalinhadas. Nessas pilhas de encadernação castanho-avermelhada, com monogramas dourados na contracapa, clérigos pensativos expõem os evangelhos; ouvem-se eruditos burilando, com seus martelos e cinzéis, os antigos textos de Eurípedes e Ésquilo. Pensar, anotar, expor, são atos que ocorrem a uma velocidade prodigiosa à nossa volta, mas, como uma maré pontual, incessante, o antigo mar da ficção leva tudo isso de roldão. Inumeráveis volumes contam como Artur amou Laura e foram separados e foram infelizes e então se reencontraram e foram felizes para sempre, tudo conforme o costume vigente quando Vitória governava estas ilhas.

O número de livros no mundo é infinito, e somos forçados a dar uma espiada e balançar a cabeça e após um pouco de conversa, um lampejo de compreensão, seguir adiante, tal como, lá fora na rua, captamos de passagem uma palavra, e de uma frase ao acaso fabricamos toda uma vida. É sobre uma mulher chamada Kate que estão falando, contando que "Eu disse a ela muito diretamente na última noite... se você acha que não valho um selo de um pêni, eu disse...". Mas quem é Kate. E a qual crise na amizade deles aquele selo de um pêni se refere é algo que nunca saberemos; pois Kate afunda sob o calor da volubilidade deles; e aqui, na esquina da rua, outra página de um volume da vida se abre pela visão de dois homens conferenciando sob o poste de luz. Estão destrinchando o último despacho do hipódromo de Newmarket nas notícias de última hora. Acham eles, então, que a sorte algum dia irá transformar os seus trapos em peles e roupa fina, adorná-los com correntes de relógios de bolso e cravar-lhes alfinetes de diamante onde há agora uma camisa desabotoada e rota? Mas a corrente principal de passantes, nesta hora, precipita-se muito rapidamente para que consigamos fazer esse tipo de pergunta. Estão muito enlevados, nessa rápida passagem do trabalho para casa, em algum sonho narcótico, agora que estão livres da escrivaninha e sentem o ar fresco no rosto. Põem aquelas cintilantes roupas que devem deixar penduradas e trancadas à chave durante o resto do dia, e são grandes jogadores de críquete, famosas atrizes, soldados que salvaram o país na hora da necessidade. Sonhando, gesticulando, muitas vezes proferindo umas poucas palavras em voz alta, eles se precipitam pela Strand e pela Waterloo Bridge, de onde serão atirados em longos e chacoalhantes trens, para serem depositados em algum sóbrio e pequeno chalezinho em Barnes ou Surbiton onde a visão de um relógio de parede no corredor de entrada e o aroma da ceia no andar de baixo acaba com o sonho.

Mas agora chegamos à Strand, e, enquanto hesitamos na calçada, uma pequena barra, não maior que um dedo, começa a se interpor entre nós e a urgência e abundância da vida. "Realmente, eu devo... realmente, eu devo" – não mais do que isso. Sem submeter a exigência a um rigoroso exame, a mente se rende ao tirano de costume. Devemos – sempre devemos – fazer uma coisa ou outra; não nos é permitido simplesmente nos abandonar ao prazer. Não foi por isso que, algum tempo atrás, fabricamos uma desculpa e inventamos a necessidade de comprar algo? Mas o que era mesmo? Ah, lembramos, era um lápis. Vamos lá, então, comprar esse lápis. Mas justamente quando nos inclinamos a obedecer ao tirano, um outro eu desafia o direito do tirano em insistir. O costumeiro conflito vem à tona. Espraiado por detrás da barra do dever vemos o Tâmisa em toda sua amplitude – largo, choroso, sereno. E o vemos pelos olhos de alguém que o contempla, numa tardezinha de verão, debruçado sobre a amurada do Embankment, sem nenhuma outra preocupação no mundo. Que a compra do lápis fique para depois: busquemos esse alguém... e logo fica evidente que não se trata de ninguém mais que nós mesmos. Pois se pudéssemos ficar ali onde ficamos há seis meses, não deveríamos ser novamente como éramos então – calmos, desligados, contentes? Tentemos, pois. Mas o rio está mais agitado e mais pardacento do que lembrávamos. A maré vai em direção ao mar. Leva com ela um rebocador e duas barcas, cuja carga de palha está fortemente amarrada debaixo de cobertas de lona. Há também, perto de nós, um casal que se debruça sobre o parapeito com a curiosa falta de autoconsciência própria dos amantes, como se a importância do caso que estão tendo exigisse, sem nenhuma dúvida, a complacência da raça humana. As vistas que vimos e os sons que ouvimos não têm nenhuma das qualidades do passado, e nós tampouco temos a serenidade da pessoa que, seis meses antes, estava precisamente onde estamos agora. A dela é a da felicidade da morte; a nossa, a da insegurança da vida. Ela não tem nenhum futuro; o futuro invade até mesmo a nossa paz. É apenas quando contemplamos o passado e lhe retiramos o elemento de incerteza que podemos desfrutar da paz perfeita. Tal como são as coisas, devemos cruzar a Strand outra vez, devemos encontrar uma loja onde, mesmo a esta hora, estejam dispostos a nos vender um lápis.

É sempre uma aventura entrar num lugar pela primeira vez, pois as vidas e os personagens de seus donos aí deixaram a sua atmosfera e assim que entramos nos deparamos com uma nova onda de emoção. Aqui, nesta papelaria, havia, sem dúvida, gente discutindo. Sua raiva permeava o ar. Os dois se interromperam; a velha senhora – evidentemente eram marido e mulher – retirou-se para uma sala nos fundos; o velho senhor, cuja testa roliça e cujos olhos globulosos teriam ficado bem no frontispício de algum fólio elisabetano, ficou ali para nos atender. "Um lápis, um lápis", repetia, "com certeza, com certeza." Falava com o jeito distraído mas efusivo de alguém cujas emoções tivessem sido incitadas e, depois, estancadas no seu auge. Começou a abrir caixas e mais caixas e a fechá-las em seguida. Disse que era muito difícil encontrar as coisas quando se tinha um estoque de tantos artigos diferentes. Depois começou a contar a história de algum cavalheiro do ramo advocatício que tinha se metido em grandes dificuldades por causa da conduta da esposa. Ele o conhecia de anos; esteve ligado ao Temple por meio século, disse ele, como se quisesse que a mulher, na sala dos fundos, o escutasse. Depois, derrubou uma caixa de atilhos de borracha. Finalmente, exasperado por sua incompetência, empurrou a porta vai e vem e perguntou asperamente: "Onde você guarda os lápis?", como se a mulher os tivesse escondido. A velha senhora entrou. Sem olhar para ninguém, pôs a mão, com um leve ar de justificada severidade, sobre a caixa certa. Ali estavam os lápis. Como, então, ele poderia se virar sem ela? Não lhe era, ela, indispensável? A fim de mantê-los ali, enfileiradinhos, numa neutralidade forçada, tínhamos que ser meticulosos em nossa escolha de um lápis; este era muito macio, aquele era muito duro. Os dois ficaram ali parados olhando silenciosamente para a frente. À medida que o tempo passava, eles iam ficando mais calmos; o ardor deles ia diminuindo, a raiva, desaparecendo. Agora, sem uma palavra de qualquer dos lados, a briga tinha sido resolvida. O velho senhor, que não teria feito feio numa folha de rosto de uma peça de Ben Jonson, retornou a caixa ao seu devido lugar, nos deu o seu boa-noite com uma desmesurada vênia, e eles desapareceram. Ela puxaria a sua costura; ele leria o seu jornal; o canário jogaria, sem distinção, sementes sobre os dois. A briga tinha acabado.

Nesses minutos em que se esteve atrás de um fantasma, em que uma briga foi resolvida e um lápis comprado, as ruas tinham ficado completamente vazias. A vida se retirara ao andar de cima e as luzes se acenderam. O calçamento estava seco e duro; a rua parecia ser de prata batida. Andando de volta para casa, podíamos contar a nós mesmos, em meio à desolação, a história da anã, dos cegos, da festa na mansão de Mayfair, da briga na papelaria. Podíamos penetrar um pouco mais em cada uma dessas vidas, o suficiente para manter a ilusão de que não estamos presos a uma única mente, mas que podemos assumir, brevemente, por alguns minutos, o corpo e a mente de outra pessoa. Podemos nos tornar uma lavadeira, um taberneiro, um músico de rua. E que maior prazer e deslumbramento pode haver do que os de abandonar os caminhos retos da personalidade e tomar o desvio daquelas trilhas que levam em direção ao coração da floresta, para baixo dos espinheiros e dos grossos troncos de árvores onde vivem esses animais selvagens, os nossos camaradas?

É verdade: fugir é o maior dos prazeres; flanar pelas ruas no inverno, a maior das aventuras. Ainda assim, enquanto nos aproximamos, de novo, dos degraus de nossa própria casa, é confortador nos sentirmos envolvidos pelas velhas posses, pelos velhos preconceitos; e sentirmos o eu – que foi jogado de um lado para o outro em tantas esquinas, que foi golpeado como uma mariposa na chama de tantas e inacessíveis luzes – abrigado e protegido. Aqui está, de novo, a porta de sempre; aqui, a cadeira virada como a deixamos e o vaso de porcelana e o círculo marrom no tapete. E aqui – não deixemos de examiná-lo com carinho, de tocá-lo com reverência – está o único butim que, dentre todos os tesouros da cidade, conseguimos resgatar: um lápis.

# Anoitecer sobre Sussex: reflexões no interior de um automóvel

O anoitecer é generoso com Sussex, pois Sussex não é mais jovem, e se mostra agradecida pelo véu do começo de noite, tal como uma mulher mais velha fica feliz quando uma lâmpada é coberta por uma pantalha e de seu rosto resta apenas o contorno. O contorno de Sussex ainda é muito bonito. Os penhascos se destacam, um atrás do outro, contra o mar. Todo o Eastbourne, todo o Bexhill e todo o St Leonards, seus calçadões e suas pousadas, suas lojas de bijuterias e suas lojas de guloseimas e seus cartazes e seus enfermos e suas charretes de passeio, tudo isso se apaga. O que fica é o que havia quando William chegou da França há dez séculos: uma fileira de penhascos escorrendo para o mar. Também os campos são redimidos. A rubra mancha de casas de veraneio ao longo da costa é lavada por uma tênue e lúcida laca marrom de vento, na qual elas e seu rubor se afogam. É ainda muito cedo para lâmpadas; e muito cedo para estrelas.

Mas, pensei, há sempre algum sedimento de irritação quando o momento é tão belo quanto agora. Os psicólogos devem saber explicar; olhamos para o alto, somos tomados por uma beleza extravagantemente maior do que poderíamos esperar – há agora nuvens cor-de-rosa sobre Battle; os campos estão mosqueados, marmorizados – nossas percepções se enchem rapidamente como balões expandidos por algum jato de ar, e depois, quando tudo parece ter se enchido e esticado ao máximo, com beleza e beleza e beleza, um alfinete é espetado; tudo se esvazia. Mas o que é o alfinete? Tanto quanto eu possa distinguir, o alfinete tem algo a ver com a nossa própria impotência. Não consigo suportar isso... não consigo expressar isso... sou tomada por isso... sou dominada. Em algum ponto dessa região situava-se nosso descontentamento; e ele estava ligado com a ideia de que nossa natureza exige domínio sobre tudo o que recebe; e o domínio aqui significava capacidade para transmitir o que víamos agora sobre Sussex de maneira que outra pessoa pudesse partilhar disso. E mais, houve outra espetada do alfinete: estávamos desperdiçando nossa oportunidade; pois a beleza se espalhava pela nossa mão direita, pela nossa mão esquerda; pelas nossas costas também; estava escapando o tempo todo; tínhamos a oferecer apenas um dedal para uma enxurrada que podia encher piscinas, lagos.

Mas deixem de lado, disse eu (é bem sabido como, em circunstâncias como essa o eu se divide, e um eu é ávido e insatisfeito, e o outro, rígido e filosófico), deixem de lado essas aspirações impossíveis; contentem-se com a vista à nossa frente, e acreditem quando lhes digo que é melhor sentar-se e encharcar-se; ser passivo; aceitar; e não se incomodar porque a natureza lhes deu seis pequenos canivetes com os quais rasgar o corpo de uma baleia.

Enquanto esses dois eus mantinham, assim, um colóquio sobre o curso sensato a adotar em presença da beleza, eu (uma terceira parte agora se declarava) disse para mim mesma: quão felizes estavam eles em desfrutar de uma ocupação tão simples. Ali se sentavam eles, enquanto o carro seguia a toda velocidade, observando tudo: um monte de feno; um telhado vermelho-ferrugem; uma lagoa; um velho voltando para casa com o saco nas costas; ali se sentavam eles, associando cada cor no céu e na terra à sua paleta de cores, montando pequenos modelos de celeiros e fazendas de Sussex sob a luz vermelha que seria adequada à escuridão de janeiro. Mas quanto a mim, sendo um tanto diferente, sentei-me, distante e melancólica. Enquanto eles estavam assim ocupados, disse para mim mesma: Foi-se, foi-se; acabou, acabou; passou e acabou, passou e acabou. Sinto, no momento mesmo em que a estrada fica para trás, que a vida ficou para trás. Estivemos naquele trecho e já estamos esquecidos. Lá, as janelas se acenderam por um segundo com nossos faróis; a luz agora se apagou. Outros vêm atrás de nós.

Então, de repente, um quarto eu (um eu que está de emboscada, dormente pelo jeito, e salta sobre nós de surpresa. Suas observações, muitas vezes, não têm nenhuma conexão com o que vem acontecendo, mas devem ser consideradas justamente por serem abruptas) disse: "Olhe aquilo". Era uma luz; brilhante, bizarra; inexplicável. Por um segundo, fui incapaz de nomeá-la. "Uma estrela"; e durante esse segundo ela manteve sua estranha intermitência de algo inesperado e dançou e irradiou. "Sei o que você quer dizer", disse eu. "Sendo o errático e impulsivo eu que é, você sente que a luz que vem das colinas lá embaixo pende do futuro. Vamos tentar entender isso. Vamos usar a razão. Sinto-me ligada não ao passado mas ao futuro. Imagino Sussex cinco séculos à frente. Imagino que grande parte da vulgaridade terá se evaporado. As coisas terão secado, desaparecido. Haverá portões mágicos. Correntes de ar alimentadas por energia elétrica limparão as casas. Luzes, intensas e com foco firme, cobrirão a terra, cumprindo sua função. Olhem a luz que se move naquela colina; é o farol de um carro. Dia e noite, Sussex estará, em cinco séculos, cheia de pensamentos sedutores, de focos de luz rápidos, eficazes."

O sol estava agora abaixo do horizonte. A escuridão se espalhava rapidamente. Nenhum dos meus eus podia ver qualquer coisa além da minguada luz de nossos faróis sobre a sebe. Convoquei-os a se reunirem. "Agora", disse, "chegou a hora de acertarmos as contas. Agora temos que nos recompor; temos que ser um único eu. Nada deve mais ser visto a não ser uma única faixa de estrada e acostamento que nossas luzes refletem sem parar. Estamos perfeitamente abastecidos. Estamos calorosamente enrolados num cobertor; estamos protegidos do vento e da chuva. Estamos sozinhos. Agora é o momento do ajuste de contas. Agora eu, que comando a companhia, vou colocar em ordem os troféus que nós todos colhemos. Vejamos; houve uma boa safra de beleza: fazendas; penhascos se destacando do mar; campos jaspeados; campos sarapintados; céus emplumados de vermelho; tudo isso. Houve também o desaparecimento e a morte do indivíduo. A estrada que desaparecia e a janela iluminaram-se por um segundo e então ficaram escuras. E depois houve a luz súbita e dançante que pendia do futuro. "O que fizemos hoje", disse eu, "foi isto: a beleza; a morte do indivíduo; e o futuro. Olhem, vou desenhar um pequeno personagem para o deleite de vocês; aqui está ele. Será que esse pequeno personagem que avança pela beleza, pela morte, pelo futuro – econômico, poderoso e eficiente quando as casas serão saneadas por um sopro de vento quente lhes agrada? Olhem para ele; ali em cima do meu joelho." Sentamo-nos e olhamos para o personagem que fizemos naquele dia. Estava rodeado por íngremes maciços rochosos cobertos de cerradas florestas. Ela ficou, por um segundo, muito, muito solene. Na verdade, era como se a realidade das coisas estivessem expostas sobre o cobertor. Como que atingidos por uma descarga elétrica, fomos sacudidos por um tremor violento. Exclamamos juntos: "Sim, sim", como que afirmando alguma coisa, num momento de reconhecimento.

E então o corpo que tinha ficado silencioso até agora começou sua canção, quase, no início, tão baixo quando o sussurro das rodas: "Ovos e bacon; torradas e chá; lareira e um banho; lebre cozida em fogo lento", e continuou: "e geleia de frutas vermelhas; um cálice de vinho; com café em seguida, com café em seguida – e depois para a cama; e depois para a cama".

"Fora daqui!", disse para meus eus ali reunidos. "A tarefa de vocês terminou. Estão dispensados. Boa noite."

E o resto da viagem se passou na deliciosa companhia de meu próprio corpo.

# Sobre estar doente

Considerando quão comum é a doença, quão terrível é a mudança espiritual que ela traz, quão espantosos, quando as luzes da saúde se apagam, são os países ignotos que são então revelados, quais ermos e desertos da alma uma simples gripe torna visíveis, considerando os precipícios e as clareiras salpicadas de vívidas flores que são revelados por uma pequena elevação da temperatura, os antigos e obstinados carvalhos que são em nós desenraizados pelo evento da doença, considerando que caímos no poço da morte e sentimos as águas da aniquilação se fecharem sobre nossa cabeça quando, sentados na cadeira do dentista, temos um dente arrancado e, depois, ao acordarmos, voltando à superfície, pensamos nos encontrar na presença dos anjos e dos harpistas, confundindo o seu "Enxague a boca... enxague a boca" com a saudação da divindade erguendo-se do chão do Paraíso para nos dar as boas-vindas – quando pensamos nisso, e em muito mais, como tão frequentemente somos forçados a fazê-lo, torna-se realmente estranho que a doença não tenha encontrado o seu lugar, juntamente com o amor e a batalha e a inveja, entre os grandes temas da literatura. Romances, pensaríamos, teriam sido devotados à gripe;

epopeias, à febre tifoide; odes, à pneumonia; poemas, à dor de dente. Mas não; com umas poucas exceções – De Quincey tentou algo parecido em *O comedor de ópio*; deve haver um volume ou dois sobre a doença espalhados pelas páginas de Proust – a literatura faz o possível para sustentar que ela se preocupa com a mente; que o corpo é simplesmente uma lâmina de vidro através da qual a alma olha direta e claramente, e, salvo por uma ou duas paixões tais como o desejo e a cobiça, é nada, desprezível e inexistente. Pelo contrário, justamente o oposto é verdadeiro. A noite toda, o dia todo, o corpo intervém; embota ou aguça, colore ou descolora, vira cera no calor de junho, sebo duro na cerração de fevereiro. A criatura de dentro só pode espiar pela vidraça – manchada ou límpida; não pode, tal como a bainha da faca ou a vagem de uma ervilha, se separar do corpo por um único instante; tem de passar por toda a interminável procissão de mudanças, calor e frio, conforto e desconforto, fome e satisfação, saúde e doença, até que advenha a inevitável catástrofe; o corpo desfaz-se em cacos e a alma (é o que se diz) foge. Mas de todo esse drama diário do corpo não existe nenhum registro. As pessoas sempre escrevem a respeito dos feitos da mente; das ideias que lhes ocorrem; dos seus nobres planos; sobre como a mente civilizou o universo. Elas a mostram, no torreão do filósofo, ignorando o corpo; ou chutando-o, feito uma bola velha de futebol, por léguas de neve e deserto, em busca de conquista ou descoberta. Essas grandes guerras que o corpo trava, na solidão da cama, tendo a mente como escrava, contra o ataque da febre ou a chegada da melancolia, são deixadas de lado. Nem é preciso ir muito longe para encontrar a razão disso. Encarar essas coisas de frente exigiria a coragem de um domador de leões; uma filosofia robusta; uma razão enraizada nas entranhas da terra. Na falta disso, esse monstro, o corpo, esse milagre, sua dor, logo farão com que nos recolhamos ao misticismo, ou com que nos elevemos, com ligeiras batidas de asas, aos arrebatamentos do transcendentalismo. Falando mais praticamente, o público diria que um romance dedicado à gripe careceria de trama; se queixaria de que nele não haveria amor – erroneamente, entretanto, pois a doença com frequência põe o disfarce do amor, e prega as mesmas e estranhas peças, conferindo divindade a certos rostos, obrigando-nos a esperar, hora após hora, com as orelhas em pé, pelo estalido de uma escada, e atribuindo aos rostos dos ausentes (cheios de saúde, Deus bem o sabe) uma importância renovada, enquanto a mente fabrica mil lendas e romances a respeito daqueles para os quais não tem tempo nem gosto quando se tem saúde. Por fim, entre as desvantagens da doença como tema de literatura, está a pobreza da língua. O inglês, capaz de expressar os pensamentos de Hamlet e a tragédia de Lear, não tem palavras para o calafrio e a dor de cabeça. Tudo se desenvolveu numa única direção. A mais simples das colegiais, quando se apaixona, tem Shakespeare ou Keats para expressar seu sentimento por ela; mas deixem um sofredor tentar descrever uma dor de cabeça a um médico e a língua logo se torna árida. Não há nada pronto para ele. É obrigado a cunhar palavras por sua conta, e, tomando a sua dor numa mão e um punhado de puro som na outra (como fez, talvez, o povo de Babel no começo), macerá-los juntos, de maneira que resulte, ao final, uma palavra novinha em folha. Será, provavelmente, algo risível. Pois quem, nascido em berço inglês, consegue tomar liberdades com a língua? Para nós, é uma coisa sagrada e, portanto, destinada a morrer, a menos que os americanos, cujo gênio é tão mais feliz na cunhagem de novas palavras do que no arranjo das velhas, venham em nosso socorro e façam as fontes jorrarem. Mas não é apenas de uma língua nova que precisamos, mais primitiva, mais sensual, mais obscena, mas de uma nova hierarquia das paixões; o amor deve ser deposto em favor de uma febre de quarenta graus; a inveja, dar lugar às pontadas da ciática; a insônia, fazer o papel de vilão, e o herói, transformar-se num líquido branco e adocicado – esse poderoso príncipe, com as leves pernas e os olhos da mariposa, chamado, entre outros nomes, Cloral.[1]

Mas voltemos ao enfermo. "Estou na cama com gripe", diz ele, quando, na verdade, a queixa é de que ninguém lhe é solidário. Estou na cama com gripe – mas isso pouco transmite a respeito da dimensão da grande experiência: que o mundo mudou de forma; os instrumentos de trabalho se afastaram; os sons de alegria, tal como um carrossel ouvido através de campos longínquos, se tornaram um inalcançável objeto de desejo; e os amigos mudaram, alguns ganhando uma beleza estranha, outros, deformados, reduzidos à atarracada estatura dos sapos, enquanto toda a paisagem da vida permanece distante e límpida, como a praia vista de um navio em alto mar, e o enfermo ora está nos píncaros e não precisa de ajuda nenhuma, nem dos homens nem de Deus, ora prostra-se, de costas no chão, feliz se for chutado por uma criada – a experiência não pode ser transmitida e, como sempre acontece com essas coisas inexprimíveis, seu próprio sofrimento não serve senão para despertar lembranças nas cabeças de seus amigos a respeito das gripes *deles*, das dores e dos achaques *deles*, que permaneceram caladas até o último fevereiro, mas que agora gritam alto, desesperadamente, clamorosamente, pelo divino alívio da solidariedade.

Mas solidariedade é o que não obtemos. O sapientíssimo Destino diz não. Se os seus filhos, carregados como já estão de tanta desgraça, fossem assumir também esse peso, acrescentando, em imaginação, as dores de outros às suas próprias, edifícios deixariam de ser erguidos, as rodovias regrediriam a trilhas cobertas de grama; seria o fim da música e da pintura; apenas um único e longo suspiro se ergueria ao Paraíso, e as únicas atitudes possíveis de homens e mulheres seriam as do horror e do desespero. Por sorte, sempre há alguma pequena distração – um tocador de realejo na esquina do hospital, uma loja com algum livro ou uma bobagem qualquer para desviar o nosso pensamento após termos passado perto de uma cadeia ou casa de correção, alguma gracinha feita por cão ou gato para nos impedir de converter o hieróglifo em que se condensa a desgraça do velho mendigo em livros recheados de sórdido sofrimento, e, então, o vasto esforço de solidariedade que esses repositórios de dor e disciplina, esses mirrados símbolos do sofrimento, nos pedem para fazer em seu favor é, com certo desconforto, deixado para mais tarde. A solidariedade é, hoje, prestada sobretudo pelos vagarosos e fracassados, mulheres em sua maioria (nas quais o ultrapassado convive, muito estranhamente, com a anarquia e o novo), que, tendo abandonado a corrida, têm tempo de sobra para gastar em extravagantes e improfícuas incursões; C. L., por exemplo, que, sentada próximo ao fogo morto do quarto do doente, dá forma, com toques ao mesmo tempo sóbrios e imaginativos, à grade da lareira do quarto das crianças, ao pão, à lamparina, aos realejos na rua e a todas as histórias ingênuas a respeito de crianças e suas travessuras, próprias de velhas mães de família; A. R., a impulsiva, a magnânima, que, se desejássemos uma tartaruga gigante para nos consolar ou um alaúde para nos alegrar, reviraria os mercados de Londres e as traria, de alguma maneira, embrulhadas em papel, antes do fim do dia; a frívola K. T., vestida em sedas e plumas, pintada e empoada (o que também toma tempo) como se para um banquete de reis e rainhas, que consome todo o seu brilho na obscuridade dos quartos dos doentes e faz, com seus mexericos e arremedos, os frascos de remédio retinirem e as chamas se elevarem. Mas essas loucuras tiveram a sua época; a civilização aponta para um objetivo diferente; para que as cidades do Meio-Oeste sejam iluminadas pela luz elétrica, a companhia do Sr. Insull "precisará fazer vinte ou trinta instalações por mês" – e então que lugar haverá para a tartaruga e o alaúde?

Há, confessemos (e a doença é um grande confessionário), uma franqueza infantil na doença; dizemos coisas e deixamos escapar verdades que a cautelosa respeitabilidade da saúde esconde. Sobre a solidariedade, por exemplo; podemos passar sem ela. Essa ilusão de um mundo moldado de forma a ecoar cada gemido, de seres humanos tão atados uns aos outros por necessidades e temores compartilhados que uma fisgada num pulso provoca uma outra, um mundo onde, por mais estranha que seja a nossa experiência, outras pessoas também a viveram, onde, por mais longe que viajemos em nossa mente, alguém esteve ali antes... é tudo uma ilusão.

Não conhecemos a nossa própria alma e muito menos a dos outros. Os seres humanos não vão de mãos dadas por toda a extensão do caminho. Há, em cada um de nós, uma floresta virgem, emaranhada, inexplorada; um campo nevado onde não se veem nem pegadas de pássaros. Aqui caminhamos sozinhos, e preferimos assim. Ser sempre alvo de solidariedade, estar sempre acompanhado, ser sempre compreendido seria algo intolerável. Mas, na saúde, é preciso manter o cordial fingimento e reavivar o esforço – para comunicar, civilizar, compartilhar, cultivar o deserto, educar o selvagem, trabalhar juntos de dia e divertir-se à noite. Na doença, essa simulação é interrompida. Assim que a cama exige, ou, profundamente afundados entre almofadas numa cadeira, levantamos os pés, uma polegada que seja, acima do chão, apoiando-os numa outra, deixamos de ser soldados do exército dos eretos; tornamo-nos desertores. Eles marcham para a batalha. Nós flutuamos com os gravetos na corrente; nos confundimos com as folhas mortas na clareira entre as árvores, irresponsáveis e desinteressados e aptos, talvez pela primeira vez em anos, para olhar em volta, olhar para cima – olhar, por exemplo, para o céu.

A primeira impressão desse extraordinário espetáculo é estranhamente avassaladora. Sob condições normais, olhar para o céu por qualquer intervalo de tempo é algo impossível. Os passantes teriam sua marcha obstruída e ficariam desconcertados com a visão de alguém fitando o céu publicamente. Qualquer nesga que dele conseguimos roubar é mutilada por chaminés e igrejas, serve de pano de fundo para o homem, indica chuva ou tempo bom, borra as janelas de dourado e, cobrindo os espaços entre os ramos, completa o *páthos* dos outonais e esquálidos plátanos das praças de Londres. Agora, recostados em repouso, olhando diretamente para o alto, feito folha ou margarida, descobrimos que o céu difere tanto dessa descrição que é, na verdade, um pouco chocante dar-se conta disso. Então, essas coisas aconteciam o tempo todo sem que o soubéssemos! – esse incessante arranjo e desarranjo de formas, esse embate de uma nuvem contra outra, desenhando vastas fileiras de naves e vagões que se movem do norte para o sul, esse incessante abre e fecha de cortinas de luz e obscuridade, essa interminável experimentação com raios dourados e sombras azuis, com o encobrimento e o desvelamento do sol, com a edificação de muralhas de pedra para logo serem desmanchadas por um sopro do vento – essa atividade sem fim, com a dissipação sabe-se lá de quantos milhões de cavalos-vapor de energia, tem feito valer sua vontade ano após ano. O fato parece exigir comentário e, na verdade, crítica. Alguém deveria escrever uma carta ao *The Times* sobre isso. Dever-se-ia se tirar algum proveito disso. Não se deveria deixar esse gigantesco cinema fazer, sem parar, exibições para uma sala vazia. Mas observemos um pouco mais e veremos que uma outra emoção afoga os ímpetos do ardor cívico. O divinamente belo é também divinamente sem coração. Recursos incomensuráveis são postos a serviço de algum propósito que nada tem a ver com o prazer ou o proveito humano. Se fôssemos todos postos de bruços no chão, imobilizados, rígidos, ainda assim o céu faria experimentos com seus azuis e seus dourados. Talvez, então, se olharmos para baixo, para algo muito pequeno e próximo e familiar, encontraremos solidariedade. Examinemos a rosa. Nós a vimos em flor, tantas vezes, nos jarros, tantas vezes ligada à beleza em seu apogeu, que nos esquecemos de como ela se mantém na terra, quieta e firme, ao longo de toda uma tarde. Ela mantém uma atitude de perfeita dignidade e autocontrole. A sufusão de suas pétalas é de um rigor inimitável. Agora, talvez deliberadamente, uma delas cai; agora, todas as flores, as de um púrpura voluptuoso, as cremosas, em cuja polpa encerada uma colher deixou cair um filete de calda de cereja; os gladíolos; as dálias; os lírios, sacerdotais, eclesiásticos; as flores com seus solenes colarinhos de cartolina em damasco e âmbar, todas elas gentilmente inclinam suas corolas em direção à brisa – todas, com exceção do pesado girassol, que orgulhosamente aceita o sol ao meio dia, mas, talvez, à noite, rejeite a lua. Ali elas se postam; e são elas, as mais imperturbáveis, as mais autossuficientes de todas as coisas que os seres humanos tomam por companhia; elas que simbolizam suas paixões, enfeitam suas festas e ficam (como se entendessem de sofrimento) sobre os travesseiros dos mortos! É maravilhoso poder dizer que os poetas encontram na Natureza uma religião; que as pessoas moram no campo para aprender a virtude com as plantas. É em sua indiferença que elas são reconfortantes. O campo nevado da mente, onde o homem não pisou, é visitado pela nuvem, beijado pela pétala que cai, tal como, em outra esfera, são os grandes artistas, os Miltons, os Popes, que consolam, não por pensarem em nós, mas por nos esquecerem.

Entrementes, com o heroísmo da formiga ou da abelha, por mais indiferente que seja o céu ou por mais desdenhosas que sejam as flores, o exército dos eretos marcha para a batalha. A Sra. Jones pega o seu trem. O Sr. Smith conserta o seu motor. As vacas são recolhidas para a ordenha. Os homens cobrem o telhado com colmo. Os cães ladram. As gralhas, erguendo-se em rede, lançam-se sobre os elmos. A onda da vida se atira sem parar. Só o recostado é que sabe, afinal, aquilo que a Natureza não faz nenhum esforço para esconder – que ela, no fim, vencerá; o calor abandonará o mundo; enrijecidos pela geada, deixaremos de arrastar os pés pelos campos; o gelo se estenderá, em grossas camadas, sobre fábricas e máquinas; o sol desaparecerá. Ainda assim, quando a terra inteira estiver coberta e escorregadia, alguma ondulação, alguma irregularidade da superfície indicará o contorno de um antigo jardim, e ali, a corola furando o chão, impávidos sob a luz das estrelas, a rosa florescerá, o açafrão arderá. Mas com a fisgada da vida ainda dentro de nós, temos que continuar nos mexendo. Não podemos nos transformar pacificamente em montículos rígidos e vitrificados. Até mesmo o recostado dá um pulo à simples imaginação da geada sobre os dedos dos pés e se estica para se munir da esperança universal – Paraíso, Imortalidade. Uma vez que os homens estiveram desejando ao longo de todas essas eras, eles, com certeza, terão desejado que alguma coisa passasse a existir; haverá alguma ilha verde onde descansar a mente mesmo que não se possa plantar os pés ali. Seria de se esperar que a imaginação coletiva da humanidade já tivesse traçado algum contorno firme disso. Mas não. Abrimos o *Morning Post* e lemos o Bispo de Lichfield discorrendo sobre o Paraíso – um discurso vago, fraco, aguado, inconclusivo. Observamos os fiéis acorrerem a esses imponentes templos onde, no mais lúgubre dos dias, nos mais úmidos dos campos, velas serão queimadas, sinos irão tocar, e por mais que, lá fora, as folhas de outono dancem no chão e os ventos gemam, dentro, as esperanças e os desejos terão se transformado em crenças e certezas. Parecem serenos? Estão seus olhos impregnados da luz de sua sublime convicção? Ousaria algum deles saltar de Beachy Head direto para o Paraíso? Ninguém, a não ser um simplório, faria tais perguntas; o pequeno grupo de fiéis se retarda e se arrasta e espreita; a mãe está exausta; o pai, cansado. Os bispos também estão cansados. Lemos, com muita frequência, no mesmo jornal, que a diocese presenteou seu bispo com um carro a motor; que, durante a cerimônia de entrega, algum cidadão proeminente observou, com óbvia verdade, que o bispo tem mais necessidade de carros a motor do que qualquer membro de seu rebanho. Mas a criação de paraísos não precisa de nenhum carro a motor; precisa de tempo e concentração. Precisa da imaginação de um poeta. Deixados às nossas próprias forças não podemos senão brincar com isso – imaginar Pepys no Paraíso, ensaiar breves conversações com pessoas célebres sobre tufos de tomilho, logo começar a espalhar rumores sobre alguns de nossos amigos que passaram uma temporada no Inferno, ou, pior ainda, regressar à terra e optar, uma vez que não há nenhum mal em optar, por viver repetidamente, ora como homem, ora como mulher, capitão da marinha, cortesã, Imperador, esposa de agricultor, em cidades esplêndidas e em brejos distantes, em Teerã e em Tunbridge Wells, na época de Péricles ou de Artur, Carlos Magno ou George IV – viver e continuar vivendo até termos vivido inteiramente aquelas vidas embrionárias que ficam ao nosso redor na adolescência até serem suprimidas pelo "Eu". Mas o "Eu" não usurpará, se o desejo tem algum poder, também o Paraíso, condenando a nós, que desempenhamos nossos papéis aqui como

William ou Alice a continuar como William ou Alice para sempre. Entregues a nossos próprios recursos, é só carnalmente que conseguimos especular. Precisamos dos poetas para imaginar por nós. A criação de paraísos deveria ser atribuição do cargo de Poeta Laureado.

É para os poetas que, de fato, nos voltamos. A doença nos torna indispostos para as longas campanhas exigidas pela prosa. Não conseguimos comandar todas as nossas faculdades e manter nossa razão e nosso julgamento e nossa memória em estado de alerta enquanto um capítulo se sobrepõe a outro, e, à medida que um se ajeita, devemos estar atentos para a vinda do próximo, até que a estrutura toda – arcos, torres, ameias – se assente firmemente sobre suas fundações. *O declínio e a queda do Império Romano* não é um livro para a gripe, nem *A taça de ouro*, nem *Madame Bovary*. Por outro lado, com a responsabilidade protelada e a razão temporariamente em suspenso – pois quem vai exigir espírito crítico de um enfermo ou juízo sensato de quem está preso ao leito? – outros gostos se afirmam; repentinos, caprichosos, intensos. Roubamos aos poetas as suas flores. Destacamos um verso ou dois e deixamos que eles se abram nas profundezas da mente, que estendam suas reluzentes asas e que nadem como peixes coloridos em verdes águas:

*e às vezes de tardezinha*
*apascenta os rebanhos nas campinas crepusculares*
[Milton, *Comus*]

*vagando, em cerrados rebanhos, pelos montes*
*Apascentadas pelo vagaroso, relutante vento.*
[Shelley, *Prometeu acorrentado*]

Ou há um romance inteiro em três volumes, que dá o que pensar e pode levar a um verso de Hardy ou um aforismo de La Bruyère. Mergulhamos nas *Cartas* de Lamb – alguns prosadores devem ser lidos como poetas – e encontramos o que vem a seguir. "Sou um sanguinário assassino de tempo, e o mataria aos pouquinhos neste exato momento. Mas a serpente é vital." E quem explicará o deleite que isso nos dá? Ou abrimos Rimbaud e lemos

> *Ô saisons, ô châteaux*
> *Quelle âme est sans défauts?*
>
> Ó estações, ó castelos
> Que alma há sem falta?

e quem será capaz de racionalizar o seu feitiço? Na doença, as palavras parecem ter um elemento místico. Apreendemos o que está para além de seu significado superficial, deduzimos instintivamente isto, aquilo e aquilo outro – um som, uma cor, aqui uma ênfase, ali uma pausa – que o poeta, sabendo que as palavras são descarnadas em comparação com as ideias, espalhara por sua página para evocar, quando reunidas, um estado de espírito que nem as palavras podem expressar nem a razão explicar. A incompreensibilidade tem, na doença, um enorme poder sobre nós, mais legitimamente, talvez, do que os eretos são capazes de admitir. Na saúde, o significado impõe-se sobre o som. Nossa inteligência governa os nossos sentidos. Mas na doença, com a polícia de folga, nos metemos debaixo de algum obscuro poema de Mallarmé ou de Donne, de alguma frase em latim ou grego, e as palavras soltam seu perfume, e ondulam como folhas, e nos salpicam de luz e sombra, e então, se, afinal, lhes apreendemos o significado, ele é tanto mais rico por ter percorrido seu trajeto devagar, com todo o frescor nas asas. Os estrangeiros, para quem a língua é estranha, levam vantagem sobre nós. Os chineses devem perceber o som de *Antônio e Cleópatra* melhor do que nós.

A temeridade é uma das propriedades da doença – fora da lei que somos – e é sobretudo de temeridade que precisamos ao ler Shakespeare. Não é que devamos deixar a inteligência de lado ao lê-lo, mas quando estamos plenamente cientes e conscientes, sua fama nos intimida e as opiniões todas de todos os críticos contribuem para embotar em nós aquela forte certeza de que nada se interpõe entre nós e ele. Se essa certeza é uma ilusão, trata-se, quando lemos os grandes, de uma ilusão extremamente útil, de um prazer extraordinariamente prodigioso, de um estímulo intensamente agudo. Shakespeare está sendo corrompido; um governo paternalista, da mesma maneira que pôs seu monumento em Stratford fora do alcance daqueles que querem desenhá-lo, pode muito bem proibir que se escreva sobre ele. Com todo esse falatório da crítica ao redor, podemos arriscar, em caráter pessoal, nossas conjecturas, fazer nossas notas à margem; mas sabendo que alguém o disse antes, ou o disse melhor, tira toda a graça. A doença, em sua régia sublimidade, põe tudo isso de lado, não deixando nada senão Shakespeare e a nossa própria pessoa, e com seu presunçoso poder, nossa presunçosa arrogância, as barreiras desmoronam, os nós se afrouxam, o cérebro soa e ressoa com *Lear* ou *Macbeth*, e até o próprio Coleridge guincha como um camundongo ao longe. Isso é verdadeiro no que se refere a todas as peças e até mesmo aos sonetos; é *Hamlet* que é a exceção. *Hamlet* nós lemos apenas uma vez na vida, entre os vinte e os vinte e cinco anos. Somos, aí, Hamlet, somos a juventude; tal como, para falar a verdade, Hamlet é Shakespeare, é a juventude. E como se pode explicar o que se é? Não se pode senão sê-lo. Assim, forçado a voltar o olhar, direta ou obliquamente, para o próprio passado, o crítico vê algo se mover e se desvanecer em *Hamlet*, tal como vemos num espelho o nosso próprio reflexo, e é isso que, ao mesmo tempo que confere uma permanente variedade à peça, nos impede de sentir, tal como com *Lear* ou *Macbeth*, que o centro é sólido e continua firme, não importando o que nossas sucessivas leituras depositem sobre ele.

Mas basta de Shakespeare – voltemo-nos para Augustus Hare. Há quem diga que nem mesmo a doença justifica essas transições; que o autor de *A história de duas vidas nobres* não se iguala a Boswell; e se afirmarmos que, na falta do melhor em literatura, nós gostamos do pior – é a mediocridade que é odiosa – tampouco teremos nada disso. Que assim seja. A lei está do lado do normal. Mas para quem sofre uma ligeira elevação de temperatura, os nomes de Hare e Waterford e Canning sempre emitirão raios de benigno brilho. Não, é verdade, no que se refere às primeiras cem páginas, mais ou menos. Aí, como frequentemente ocorre com esses grossos volumes, nós nos atrapalhamos e corremos o risco de afundar numa pletora de tias e tios. Temos que lembrar a nós mesmos que existe uma coisa chamada clima; que os próprios mestres muitas vezes nos deixam intoleravelmente à espera enquanto preparam a nossa mente para seja lá o que for – a surpresa, a falta de surpresa. Assim, Hare também se retarda; o encanto se insinua imperceptivelmente em nós; aos poucos, nos tornamos quase como que alguém da família, embora não inteiramente, pois nossa sensação da estranheza de tudo permanece, e partilhamos a consternação da família quando Lorde Stuart deixa a sala – havia um baile em andamento – e, quando ouvimos falar dele novamente, está na Islândia. Festas, disse ele, aborreciam-no – assim eram os aristocratas ingleses antes de o casamento com o intelecto ter adulterado a extraordinária singularidade de suas mentes. A festa os aborrecia; eles iam embora para a Islândia. Então foi atacado pela mania de Beckford – construir castelos; e ele deve erguer um *château* francês no outro lado do canal, e também erigir, a um grande custo, pináculos e torres para servir de quartos para os criados, na borda de um precipício à beira do desmoronamento, de maneira que as camareiras pudessem ver suas vassouras flutuarem pelo Solent abaixo, e Lady Stuart ficou muito desolada, mas tirou o melhor proveito disso e começou, como a dama bem-nascida que era, a plantar, diante da ruína, plantas perenes; enquanto as filhas, Charlotte e Louisa, cresciam, em seu incomparável encanto, com lápis nas mãos, sempre desenhando, dançando, namorando, numa nuvem de gaze. Elas não são muito distintas, é verdade. Pois a vida então não era a vida de Charlotte e Louisa. Era a vida de famílias, de grupos. Era uma rede, uma teia que se estendia por tudo e envolvia toda espécie de primos e dependentes e antigos criados. Tias – tia Caledon, tia Mexborough; avós – vovó Stuart, vovó Hardwicke; reúnem-se todas numa espécie de coro, e se alegram e se entristecem e fazem ceias de Natal juntas, e ficam muito velhas e continuam muito eretas e sentam-se em cadeiras cobertas com guarda-sóis, recortando flores, ao que parece, de papéis coloridos. Charlotte se casou com

Canning e foi para a Índia; Louisa se casou com Lorde Waterford e foi para a Irlanda. Depois, as cartas atravessam espaços imensos em vagarosos veleiros e tudo fica ainda mais demorado e palavroso, e parece não ter fim o espaço e o tempo de lazer daqueles dias do começo do século XIX, e fés são perdidas e depois reavivadas pelo exemplo de vida de Hedley Vicars; tias ficam gripadas, mas se recuperam; primos se casam; há a fome irlandesa e o Motim Indiano, mas as duas irmãs, para seu grande mas silencioso pesar, pois naquele tempo havia coisas que as mulheres, sem filhos para sucedê-las, guardavam no peito como se fossem pérolas, não voltam. Louisa, abandonada na Irlanda, com Lorde Waterford caçando o dia inteiro, estava quase sempre muito só, mas se mantinha no posto, visitava os pobres, dizia palavras de consolo ("Lamento realmente saber da perda da razão, ou melhor, da memória, de Anthony Thompson; se, entretanto, ele puder compreender o suficiente para não confiar senão em nosso Salvador, ele tem o bastante") e desenhava sem parar. Enchia milhares de cadernos com desenhos do entardecer feitos a bico de pena e, além disso, projetava afrescos para salas de aula em imensas folhas que o carpinteiro estendia para ela, acolhia ovelhas no quarto, dava cobertores para os guarda-caças se agasalharem e pintava Sagradas Famílias aos montes, fazendo com que o grande Watts escrevesse que ali estava alguém da estatura de Ticiano e maior que Rafael! Lendo isso, Lady Waterford ria (ela tinha um sadio e generoso senso de humor); e dizia que ela não passava de uma desenhista de esboços; praticamente não tinha tido nenhuma lição de pintura em sua vida – prova disso eram as asas de seus anjos, escandalosamente inacabadas. Além disso, havia a casa de seu pai, eternamente despencando no mar; ela tinha que escorá-la; tinha que entreter seus amigos; tinha que encher seus dias com toda espécie de ações de caridade até seu Senhor voltar da caça, e depois, muitas vezes à meia-noite, ela o desenharia com seu rosto de cavalheiro meio escondido numa tigela de sopa, sentada ao lado dele, com seu caderno embaixo de uma luz. Ele sairia de novo, a cavalo, majestoso como um cruzado, para caçar raposas, e, a cada vez, ela lhe acenaria, pensando: e se essa fosse a última? E assim foi uma certa manhã. Seu cavalo tropeçou. Ele morreu. Ela o sabia antes de lhe contarem, e Sir John Leslie nunca esqueceria, quando ela correu escada abaixo no dia em que o enterraram, a beleza da grande dama em pé à janela para ver o carro fúnebre partir, nem, quando ele ali voltou, como a cortina, pesada, da metade do período vitoriano, de pelúcia talvez, estava toda amarrotada no lugar onde, em sua agonia, ela tinha se agarrado.

1. Virginia associa, aqui, o Cloral (hidrato de cloral), um medicamento com forte efeito sedativo e hipnótico, à mariposa, para ela, sobretudo na passagem de seu estado de larva a inseto plenamente formado, uma imagem do êxtase e do arrebatamento criativo. A expressão "outros nomes" remete a outras fontes de estímulo criativo, incluindo, possivelmente, sua própria "loucura".

# III. O olho e a mente

# A pintura

É provável que algum professor tenha escrito um livro sobre o assunto, mas, se escreveu, não chegou até nós. "As paixões das artes" seria, mais ou menos, o seu título, e trataria dos namoros entre a música, a literatura, a escultura e a arquitetura e dos efeitos que as artes tiveram umas sobre as outras ao longo do tempo. Na falta de uma tal pesquisa, parece que a literatura tem sido a mais sociável e porosa de todas: a escultura influenciou a literatura grega; a música, a elisabetana; a arquitetura, a literatura inglesa do século XVIII; e, agora, sem dúvida, estamos sob o domínio da pintura. Se todas as pinturas modernas fossem destruídas, um crítico do século XXV seria capaz de deduzir, com base apenas nos livros de Proust, a existência de Matisse, Cézanne, Derain e Picasso; ele seria capaz de dizer, com esses volumes à sua frente, que pintores extraordinariamente originais e fortes deviam estar, na sala ao lado, cobrindo uma tela atrás da outra, apertando um tubo atrás do outro.

Contudo, é extremamente difícil precisar o ponto exato em que a pintura se fez sentir na obra de um escritor tão completo. Nos escritores parciais e incompletos, isso é muito fácil de ser detectado. O mundo está cheio, neste momento, de aleijados, vítimas da arte da pintura, que pintam maçãs, rosas, aparelhos de porcelana, romãs, tamarindos e jarrões de vidro tão bem quanto palavras poderiam pintá-los, o que quer dizer, é claro, que não muito bem. Podemos com certeza dizer que um escritor cuja escrita apela principalmente ao olho é um mau escritor; que se, ao narrar, digamos, um encontro num jardim, ele descreve rosas, lírios, cravos e sombras na grama, de maneira que possamos vê-los, mas deixa que deles se infiram ideias, motivos, impulsos e emoções, é porque ele é incapaz de usar seu meio para os propósitos para os quais ele foi criado e é, como escritor, um homem sem pernas.

Mas é impossível fazer essa acusação contra Proust, Hardy, Flaubert ou Conrad. Eles utilizam os olhos sem, de forma alguma, incapacitar a pena, e os utilizam de uma maneira que nenhum romancista antes deles utilizou. Charcos e bosques, mares tropicais, navios, ancoradouros, salas de visita, flores, roupas, atitudes, efeitos de luz e sombra – eles nos dão tudo isso com uma precisão e uma sutileza que nos faz exclamar que agora, finalmente, os escritores começaram a usar os olhos. Não que, na verdade, qualquer desses grandes escritores pare por um momento para descrever um jarro de cristal como se fosse um fim em si mesmo; os jarros em cima das lareiras são sempre vistos através dos olhos das mulheres presentes na sala. A cena toda, embora sólida e pictorialmente construída, é sempre dominada por uma emoção que não tem nada a ver com o olho. Mas foi o olho que fertilizou seu pensamento; foi o olho, em Proust, sobretudo, que veio em socorro dos outros sentidos, combinou-se com eles, produzindo efeitos de extrema beleza e de uma sutileza até então desconhecida. Eis aqui uma cena num teatro, por exemplo. Precisamos compreender as emoções de um jovem cavalheiro provocadas por uma dama num camarote abaixo. Com uma abundância de imagens e comparações, somos levados a apreciar as formas, as cores, a própria fibra e a textura dos assentos de pelúcia e os vestidos das damas e a debilidade ou a força, o brilho ou o colorido, da luz. Ao mesmo tempo que nossos sentidos absorvem tudo isso, nossas mentes vão cavando túneis, lógica e intelectualmente, na obscuridade das emoções do jovem cavalheiro que, à medida que se ramificam e modulam e se estendem para cada vez mais longe, penetram, afinal, tão profundamente, desaparecem num fragmento tão minúsculo de significado, que mal conseguimos continuar acompanhando não fosse pelo fato de que, de repente, num lampejo atrás do outro, numa metáfora atrás da outra, o olho ilumina aquela caverna de escuridão, mostrando-nos as formas brutas, tangíveis, materiais dos pensamentos incorpóreos pendentes como morcegos da escuridão primeva na qual a luz nunca antes entrara.

Um escritor tem, assim, necessidade de um terceiro olho cuja função é acudir os outros sentidos quando eles gritam por socorro. Mas é muito duvidoso que ele logo aprenda qualquer coisa da pintura. De fato, parece ser verdade que os escritores são, entre todos os críticos das pinturas, os piores – os mais preconceituosos, os mais parciais em seus julgamentos; se os abordarmos em galerias, desarmarmos suas desconfianças e fizermos com que nos digam honestamente o que lhes agrada nas pinturas, eles confessarão que não é, de jeito nenhum, a arte da pintura. Eles não estão ali para compreender os problemas da arte da pintura. Eles estão atrás de algo que possa ser útil para eles próprios. É apenas assim que podem converter essas imensas galerias de câmaras de tortura feitas de enfado e desespero em corredores alegres, em lugares agradáveis cheios de pássaros, em santuários onde o silêncio reina supremo.

Livres para seguir seu próprio caminho, para selecionar e escolher como quiserem, eles acham as pinturas modernas, dizem eles, muito úteis, muito estimulantes. Cézanne, por exemplo – nenhum pintor provoca mais o sentido literário do que ele, porque suas pinturas estão tão audaciosa e provocativamente satisfeitas de serem tinta e não palavras que o próprio pigmento, dizem eles, parece nos desafiar, pressionar algum nervo, estimular, provocar. Essa pintura, por exemplo, eles explicam (diante de uma paisagem rochosa, toda clivada como que por um martelo de gigante, em estrias de cor opala, silenciosa, sólida, serena), desperta em nós palavras onde não pensávamos existir; sugere formas onde nunca vimos nada a não ser ar rarefeito. Enquanto contemplamos, as palavras começam a erguer seus frágeis membros na desbotada fronteira da língua sem dono, para afundar de novo, em desespero. Nós as arremessamos como redes sobre uma praia rochosa e inóspita; elas se apagam e desaparecem. É vão, é inútil; mas não podemos nunca resistir à tentação. Os pintores silenciosos, Cézanne e o Sr. Sickert, nos fazem de tolos tantas vezes quanto quiserem.

Mas os pintores perdem sua capacidade assim que tentam falar. Eles precisam dizer o que têm para dizer mudando os verdes em azuis, pondo uma camada em cima da outra. Eles precisam trançar seus feitiços como uma cavala atrás do vidro de um aquário, em silêncio, misteriosamente. Deixe-os levantar o vidro e começar a falar e o feitiço se quebra. Uma pintura que conta uma história é tão patética e absurda quanto um truque feito por um cachorro, e nós o aplaudimos apenas porque sabemos que é tão difícil para um pintor contar uma história com seu pincel quanto o é para um cão pastor equilibrar uma bolacha no nariz. A história do quadro de Rossetti, "Dr. Johnson na Mitra", é muito mais bem contada por Boswell; numa pintura, o rouxinol de Keats é mudo; com a metade de uma folha de caderneta podemos contar com palavras todas as histórias de todas as pinturas do mundo.

Não obstante, eles admitem, circulando pela galeria, mesmo quando não nos arrastam para os heroicos esforços que têm produzido tantos monstros abortivos, que pinturas são coisas muito agradáveis. Há muito a aprender com elas. Essa pintura de um charco num dia ventoso mostra-nos muito mais claramente do que poderíamos ver por nós mesmos os verdes e os pratas, e a água correndo, os chorões inclinados tremulando ao vento, e nos faz tentar encontrar frases para isso tudo, sugere inclusive uma figura parada lá no meio dos juncos, ou saindo dos portões do pátio da fazenda em botas de cano alto e vestindo um impermeável. Essa natureza morta, continuam eles, apontando para um jarro de lírios-tocha, é para nós o mesmo que um filé para um enfermo – uma orgia de sangue e sustento, de tão famintos que estávamos em nossa dieta feita de negra e magra tinta de impressão. Nós nos aninhamos em sua cor, nos alimentamos e nos empanturramos de amarelo e vermelho e dourado até cairmos, nutridos e contentes. Nosso sentido da cor parece miraculosamente aguçado. Carregamos essas rosas e lírios-tocha por toda parte conosco durante dias, elaborando-os de novo em palavras. De um retrato, também, obtemos quase sempre algo que vale a pena ter – a sala, o nariz, as mãos de alguém, algum pequeno efeito de personagem ou circunstância, alguma coisinha para colocar nos bolsos e levar embora. Mas, de novo, o pintor de retrato deve tentar não falar; ele não deve dizer: "Isto é maternidade; aquilo, intelecto"; o máximo que deve fazer é dar uma batidinha na parede da sala ou no vidro do aquário; ele deve chegar bem perto, mas algo deve sempre nos separar dele.

Há artistas, na verdade, que já nascem sendo bons nisso de batidinhas; assim que vemos uma pintura de Degas com uma dançarina amarrando os laços das sapatilhas exclamamos: "Quanta graça!", exatamente como se tivéssemos lido um discurso feito por Congreve. Degas destaca uma cena e a comenta exatamente como um grande escritor de comédia o faz, mas silenciosamente, sem, em momento algum, infringir a reticência própria da pintura. Nós rimos, mas não com os músculos que riem na leitura. Mile Lessore tem esse mesmo raro e curioso poder. Como são cheios de graça seus cavalos de circo ou seus grupos de pé com seus binóculos ou seus violinistas no poço da orquestra! Como ela aviva nosso sentido do propósito e da alegria da vida ao dar uma batidinha no outro lado da parede! Matisse dá batidinhas; Derain dá batidinhas; o Sr. Grant dá batidinhas; Picasso, Sickert, a Sra. Bell, por outro lado, são todos tão mudos quanto uma cavala.

Mas os escritores já disseram o bastante. Suas consciências estão inquietas. Ninguém sabe melhor do que eles, murmuram os escritores, que essa não é a maneira de olhar pinturas; que eles são libélulas irresponsáveis, simples insetos, crianças destruindo de maneira travessa obras de arte ao arrancar pétala por pétala. Em suma, é melhor eles darem o fora, pois aí, abrindo a remo seu caminho pelas águas, devaneando, abstraído, contemplativo, vem um pintor, e, pondo suas coisinhas nos bolsos, eles vão embora ligeiro, para não serem surpreendidos em sua travessura e serem obrigados a sofrer a mais extrema das penalidades, a mais refinada das torturas – serem obrigados a olhar pinturas na companhia de um pintor.

# O cinema

Dizem que não existe mais o selvagem em nós, que estamos no último estágio da civilização, que tudo já foi dito e que é tarde demais para ter alguma ambição. Mas é de se presumir que esses filósofos tenham esquecido o cinema. Eles nunca viram os selvagens do século XX num cinema, assistindo a filmes. Eles nunca se sentaram à frente da tela para poderem refletir que, apesar de todas as roupas que carregam no corpo e de todos os tapetes aos seus pés, não há uma grande distância a separá-los daqueles homens nus e de olhos arregalados que batiam uma barra de ferro na outra e experimentavam nesse clangor um gostinho da música de Mozart.

As barras nesse caso estão, é claro, tão altamente lavradas e tão cobertas de detritos de matéria estranha que é muito difícil ouvir qualquer coisa distintamente. Tudo são bolhas e borbulhas, fervilhamento e caos. Estamos examinando a borda de um caldeirão no qual fragmentos parecem ferver e de vez em quando algum enorme vulto parece se erguer e se alçar do meio do caos, e o selvagem em nós se joga, com prazer, para a frente. Contudo, para começo de conversa, a arte do cinema parece uma arte simples e até mesmo estúpida. Este é o rei apertando as mãos dos jogadores de um time de futebol; aquele é o iate de Sir Thomas Lipton; aquele outro é Jack Horner ganhando o Grande Prêmio Nacional de Turfe. O olho devora tudo instantaneamente, e o cérebro, agradavelmente provocado, se acomoda para ver coisas acontecendo sem se preocupar em pensar. Pois o olho comum, o olho inglês sem qualquer inclinação estética, é um mecanismo simples, que garante que o corpo não caia num buraco, provê o cérebro de distrações e guloseimas e pode assumir a tarefa de agir como uma babá competente até que o cérebro chegue à conclusão de que é hora de despertar. Por que ele se surpreende, então, por se acordar de repente no meio de sua doce sonolência e gritar por socorro? O olho está em dificuldades. O olho diz para o cérebro: "está acontecendo algo que eu absolutamente não compreendo. Preciso de você". Juntos, eles olham para o rei, para o barco, para o cavalo, e o cérebro logo vê que eles adquiriram uma qualidade que não pertence ao simples fotógrafo da vida real. Eles se tornaram não mais bonitos, no sentido em que as pinturas são bonitas, mas, como dizê-lo? (nosso vocabulário é desgraçadamente insuficiente) mais reais, ou adquiriram uma realidade diferente daquela que percebemos na vida cotidiana. Nós os vemos tais como eles são quando nós não estamos ali. Nós vemos a vida tal como ela é quando nós não temos nela nenhuma participação. Enquanto contemplamos, parecemos distanciados da insignificância da existência real, suas preocupações, suas convenções. O cavalo não nos jogará ao chão. O rei não apertará nossa mão. A onda não molhará nossos pés. Observar dessa posição privilegiada os bufões de nossa espécie nos deixa tempo para ter piedade e diversão, para generalizar, para dotar um único homem com os atributos de uma raça; observar os barcos velejarem e as ondas quebrarem nos deixa tempo para abrir toda a nossa mente para a beleza e registrar, por cima disso, a estranha sensação de que a beleza continuará a ser bela quer a vejamos quer não. Além disso, tudo isso aconteceu, ficamos sabendo, há dez anos. Estamos vendo um mundo que foi tragado pelas ondas. As noivas estão emergindo da Abadia; os recepcionistas estão animados; as mães estão chorosas; os convidados estão alegres; e tudo está feito e acabado. A guerra abriu seu abismo aos pés de toda essa inocência e desconhecimento. Mas foi então que nós dançamos e giramos, foi então que o sol brilhou e as nuvens deslizaram, até o derradeiro fim. O cérebro acrescenta tudo isso ao que o olho vê na tela.

Mas os produtores cinematográficos parecem descontentes com essas óbvias fontes de interesse – as maravilhas do mundo real, voos de gaivotas ou navios no Tâmisa; a fascinação da vida contemporânea – a Mile End Road; o Piccadilly Circus. Eles querem melhorar, alterar, fazer uma arte própria, o que é natural, pois tanta coisa está dentro de sua esfera de ação. Muitas artes se mostravam, no início, prontas a dar sua contribuição. Por exemplo, havia a literatura. Todos os romances famosos do mundo com seus próprios personagens e suas cenas famosas estavam pedindo para serem levados à tela. O que poderia ser mais fácil, o que poderia ser mais simples? O cinema caiu sobre sua presa com uma enorme rapacidade e, até este momento, permanece, em grande parte, sobre o corpo de sua desgraçada vítima. Mas os resultados têm sido desastrosos para ambos. A aliança é pouco natural. Olho e cérebro são brutalmente desmembrados quando tentam, inutilmente, trabalhar em dupla. O olho diz: "Eis aqui Ana Karenina", e a voluptuosa dama trajando veludo negro e portando pérolas surge diante de nós. O cérebro exclama: "Isso tanto pode ser Ana Karenina quanto a rainha Vitória". Pois o cérebro conhece Ana quase inteiramente pelo interior de sua mente – seu charme, sua paixão, seu desespero, enquanto toda a ênfase está agora posta em seus dentes, suas pérolas e seus veludos. O cinema prossegue: "Ana se apaixona por Vronski" – quer dizer, a dama em veludo negro cai nos braços de um cavalheiro em uniforme e eles se beijam com enorme gosto, grande deliberação e infinita gesticulação num sofá, numa biblioteca extremamente bem mobiliada. Nós caminhamos, assim, aos trancos e barrancos, pelos romances mais famosos do mundo. Nós os grafamos, assim, em palavras ou em uma única sílaba escritas como a garatuja de um estudante analfabeto. Um beijo é amor. Uma cadeira quebrada com violência é ciúme. Um sorriso é felicidade. A morte é um carro fúnebre. Nenhuma dessas coisas tem a mínima conexão com o romance que Tolstói escreveu e é apenas quando desistimos de ligar as imagens com o livro que adivinhamos – por alguma cena, pelo jeito como um jardineiro apara a grama lá fora, por exemplo, ou como uma árvore balança seus galhos ao sol – o que o cinema conseguiria fazer se tivesse que se haver apenas com seus próprios recursos.

Mas quais são, então, os seus próprios recursos? Se deixasse de ser um parasita, de que maneira ele caminharia ereto? Na atualidade, é apenas a partir de pistas e acidentes que se pode formular qualquer conjectura. Por exemplo, numa exibição de *Dr. Caligari* outro dia, uma sombra com a forma de um girino apareceu de repente num canto da tela. Ela dilatou-se até chegar a um tamanho imenso, tremeu, inchou um pouco mais e voltou à sua insignificância. Por um momento, foi como se ela corporificasse alguma imaginação monstruosa e doentia do cérebro do lunático. Por um momento, foi como se o pensamento pudesse ser transmitido com mais eficácia por uma forma do que por palavras. O medo do girino parecia expressar-se por sua monstruosidade e tremulação, e não pela frase "Estou com medo". Na verdade, a sombra era acidental, e o efeito não era intencional. Mas se uma sombra, num certo momento, pode sugerir muito mais que os gestos e as palavras reais de homens e mulheres num estado de medo, parece evidente que o cinema tem ao seu alcance inumeráveis símbolos para emoções que não conseguiram até agora encontrar expressão. O terror tem, além das suas modalidades comuns, a forma de um girino; ele se expande, incha, tremula, desaparece. A raiva pode se contorcer como um verme enfurecido fazendo zigue-zagues negros ao longo de uma tela branca. Ana e Vronski não precisam mais franzir a testa e fazer esgares. Eles têm à sua disposição... mas aqui a imaginação se atrapalha e mostra-se relutante. Pois que características possui o pensamento que podem se tornar visíveis ao olho sem a ajuda de palavras? Ele tem rapidez e lentidão; é reto como uma flecha e nebuloso como um circunlóquio. Mas tem também uma inveterada tendência, especialmente em momentos de emoção, a fazer as imagens correrem lado a lado com ele, a criar um símile da coisa pensada, como se assim fazendo ele removesse seu ferrão, ou a tornasse bela e compreensível. Em Shakespeare, como todo mundo sabe, as ideias mais complexas, as emoções mais intensas formam cadeias de imagens pelas quais passamos, por mais que mudem rápida e completamente, como que subindo as voltas e espirais de uma escada tortuosa. Mas obviamente as imagens do poeta não são esculpidas em bronze ou traçadas com lápis e tinta. Elas consistem de mil sugestões, das quais a visual é apenas a mais óbvia ou prevalente. Até mesmo a mais simples das imagens, como a do verso de Burns ("Meu amor é como uma rubra, rubra rosa, que acaba de brotar em junho"), nos presenteia com a umidade e o calor e o brilho do carmesim e a maciez das pétalas inextricavelmente misturadas e encadeadas no balanço de um ritmo que sugere a ternura emocional do amor. Tudo isso, que é acessível às palavras e apenas às palavras, o cinema deve evitar.

Mas se uma parte tão grande de nosso pensamento e nosso sentimento está ligada à visão, deve haver algum resíduo de emoção visual não captado pelo artista ou pelo poeta-pintor que pode estar à espera do cinema. Que esses símbolos serão bastante diferentes dos objetos reais que vemos diante de nós parece altamente provável. Algo abstrato, algo móvel, algo que exija apenas a mínima ajuda das palavras ou da música para se tornar inteligível – os filmes podem, no futuro, ser compostos desses movimentos, dessas abstrações. E uma vez que essa dificuldade primeira tenha sido resolvida, uma vez que algum novo símbolo para expressar o pensamento seja encontrado, o cineasta tem uma enorme riqueza à sua disposição. As realidades físicas, os próprios seixos da praia, os próprios tremores dos lábios, são dele; é só querer. Seu Vronski e sua Ana estão ali, em carne e osso. Se a essa realidade ele pudesse acrescentar emoção e pensamento, então ele logo começaria a colher sua recompensa. Então, tal como se pode ver a fumaça saindo do Vesúvio, seríamos capazes de ver pensamentos selvagens e adoráveis e grotescos saindo de homens de terno e de mulheres com cabelos *à la garçonne*. Deveríamos ver essas emoções se misturando e afetando umas às outras. Deveríamos ver mudanças violentas de emoção produzidas por sua colisão. Os mais fantásticos contrastes poderiam cintilar à nossa frente com uma velocidade que o escritor em vão se esforçaria por obter. O passado poderia ser revisto, as distâncias poderiam ser reduzidas a nada. E aqueles terríveis deslocamentos que são inevitáveis quando Tolstói tem que passar da história de Ana à história de Levin poderiam ser ligados por algum truque de cenário. A continuidade da vida humana deveria ser mantida à nossa frente pela repetição de algum objeto comum a ambas as vidas.

Todo esse jogo de adivinhação e de rude filosofar sobre forças desconhecidas aponta, de qualquer maneira, não na direção de qualquer arte que conhecemos, mas na direção de uma arte sobre a qual podemos apenas conjecturar. Aponta para uma longa estrada cheia de obstáculos de todo tipo. Pois o cineasta deve se tornar dono de sua convenção, tal como os pintores e os escritores e os músicos fizeram antes dele. Ele deve nos fazer acreditar que aquilo que ele nos mostra, por fantástico que pareça, tem alguma relação com as grandes veias e artérias de nossa existência. Ele deve conectá-lo com o que gostamos de chamar de realidade. Ele deve nos fazer acreditar que nossos amores e ódios também estão nesse caminho. Pode-se facilmente adivinhar como um processo desses está destinado a ser lento e tratado com aflição e ridículo e indiferença quando lembramos quanto qualquer novidade nos aflige, quanto até o menor broto na mais velha das árvores ofende nossa compreensão do que é adequado. E aqui não se trata de um broto, mas de um novo tronco e de novas raízes saltando da terra.

Contudo, por remotas que sejam, não há falta de indicações de que as emoções estão se acumulando, de que o tempo é chegado, e a arte do cinema está prestes a vir à luz. Contemplar multidões, contemplar o caos das ruas da maneira relaxada pela qual as faculdades desligadas do hábito contemplam e esperam é, às vezes, como se os movimentos e as cores, as formas e os sons tivessem se juntado e tivessem ficado esperando por alguém que se apoderasse deles e convertesse sua energia em arte; então, sem terem sido captados, eles se dispersam e fogem de novo, separados. No cinema, por um momento, através das névoas das emoções irrelevantes, através da grossa coberta de imensa habilidade e enorme eficiência, têm-se vislumbres de algo vital no seu interior. Mas o pique da vida é instantaneamente coberto por mais habilidade e maior eficiência.

Pois o cinema veio à luz com o lado errado na frente. A habilidade mecânica está muito mais adiantada que a arte a ser expressada. É como se os membros da tribo selvagem, em vez de encontrar duas barras de ferro com que brincar, tivessem encontrado, espalhados pela praia, violinos, flautas, saxofones, pianos de cauda feitos por Érard e Bechstein, e tivessem começado, com incrível energia, mas sem saber uma nota de música, a martelar e a batucar em todos eles ao mesmo tempo.

# O sol e o peixe

É um jogo divertido, especialmente para uma manhã sombria de inverno. Dizemos para o olho: Atenas; Segesta; rainha Vitória; e esperamos tão submissamente quanto possível para ver o que acontecerá em seguida. E é possível que nada aconteça, e é possível que muitas coisas aconteçam, mas não as coisas que poderíamos esperar. A velha dama com óculos de aros de tartaruga – nossa falecida rainha – está bastante vívida; mas, de alguma forma, ela se juntou com um soldado em Piccadilly que se abaixa para pegar uma moeda; com um camelo amarelo que passa, gingando, por uma arcada nos Kensington Gardens; com uma cadeira de cozinha e um distinto e idoso cavalheiro que abana seu chapéu. Abandonada há anos na mente, a ela se grudaram todos os tipos de matéria. Quando dizemos rainha Vitória, desenhamos uma coleção tão heterogênea de objetos que seria preciso ao menos uma semana para ordená-la. Por outro lado, podemos dizer para nós mesmos Mont Blanc ao amanhecer; Taj Mahal ao luar; e a mente continua uma folha em branco. Pois um cenário só sobrevive na estranha poça em que depositamos nossas memórias se tiver a boa sorte de se juntar a alguma outra emoção pela qual ela é preservada. As vistas se casam, incongruentemente, morganaticamente (como a rainha e o camelo), e se mantêm, assim, mutuamente vivas. O Mont Blanc, o Taj Mahal, vistas para as quais viajamos e que suamos para ver, apagam-se e perecem e desaparecem porque não conseguiram encontrar o par certo. É possível que não vejamos, no nosso leito de morte, nada mais majestoso do que um gato e uma velha senhora com uma touca para passear ao sol. As grandes vistas terão morrido por falta de parceiros.

Assim, nesta manhã sombria de inverno, quando o mundo real se apagou, vejamos o que o olho pode fazer por nós. Mostre-me o eclipse,[1] dizemos ao olho; vejamos o estranho espetáculo de novo. E imediatamente vemos – mas o olho da mente apenas por obséquio é um olho; é um nervo que ouve e cheira, que transmite frio e calor, que está ligado ao cérebro e estimula a mente a discriminar e a especular – é apenas por uma questão de brevidade que dizemos que "vemos" imediatamente uma estação de trem à noite. Uma multidão está reunida atrás de uma barreira; mas que multidão curiosa! Trazem impermeáveis pendurados nos braços; nas mãos carregam maletas. Têm uma aparência provisória, improvisada. Têm aquela unidade comovente e perturbadora que vem da consciência de que eles (mas aqui seria mais próprio dizer "nós") têm um propósito em comum. Nunca houve propósito mais estranho do que o que nos juntou naquela noite de junho na estação ferroviária de Euston. Nós íamos ver a aurora. Trens como os nossos estavam, naquele exato momento, dando a partida em toda a Inglaterra para ver a aurora. Todos os narizes apontavam para o norte. Quando, por um instante, paramos nas profundezas do campo, havia a pálida luz amarela dos carros a motor também apontando para o norte. Não havia ninguém dormindo, ninguém parado na Inglaterra naquela noite. Todos estavam viajando para o norte. Todos estavam pensando na aurora. À medida que a noite avançava no céu, aquilo que era o objeto de muitos milhões de pensamentos adquiria substância e importância maiores que de costume. A consciência da suave e esbranquiçada abóbada acima de nós ganhava peso à medida que as horas passavam. Quando, no começo da gélida manhã, viramos numa beira da estrada em Yorkshire, nossos sentidos estavam orientados de uma maneira diferente da costumeira. Não estávamos mais em relação apenas com as pessoas, as casas e as árvores; estávamos em relação com o mundo inteiro. Viemos não para nos alojar no quarto de uma pousada; viemos para umas poucas horas de intercurso incorporal com o céu.

Estava tudo muito pálido. O rio estava pálido e os campos, repletos de grama e de flores em pendão que deveriam ter sido vermelhas, não tinham nenhuma cor, mas ficavam ali sussurrando e ondulando em torno de casas descoloridas. Agora a porta da casa se abria e dela saíam, para se juntar à procissão, o agricultor e sua família, em suas roupas domingueiras, limpos, sombrios e silenciosos como se estivessem subindo a ladeira para ir à igreja; ou, às vezes, as mulheres simplesmente se inclinavam nos parapeitos das janelas dos quartos do andar de cima para ver a procissão passar, aparentemente com divertido desdém – eles percorreram centenas de quilômetros, e para quê? pareciam dizer elas, em completo silêncio. Tínhamos a estranha sensação de estar comparecendo a um encontro marcado com um ator de proporções tão vastas que chegaria silencioso e estaria em toda parte.

Quando chegamos ao local do encontro, uma alta montanha cujos morros estendiam seus braços pela úmida e escura charneca lá embaixo, também nós tínhamos assumido – embora estivéssemos sentindo frio e os nossos pés, enfiados num lamaçal marrom, provavelmente estivessem ainda mais frios, embora alguns de nós estivessem agachados, cobertos com impermeáveis, comendo em meio a xícaras e pratos, e outros estivessem fantasticamente bem vestidos, e ninguém com sua melhor cara – tínhamos assumido, ainda assim, certo ar de dignidade. Ou, talvez melhor, tivéssemos abandonado as estreitas marcas e etiquetas da individualidade. Estávamos alinhados em silhueta contra o céu e tínhamos a aparência de estátuas postadas em destaque na crista do mundo. Éramos muito, muito velhos; éramos homens e mulheres do mundo primevo vindos para saudar a aurora. Essa deve ter sido a impressão causada pelos adoradores de Stonehenge em meio a tufos de grama e blocos de pedra. De repente, do carro a motor de algum fidalgo de Yorkshire, saltaram quatro enormes e esguios cães rubros, predadores do mundo antigo, pelo jeito cães de caça, saltitando e cheirando o chão, no rastro de algum veado ou javali. Enquanto isso, o sol nascia. Uma nuvem resplandecia tal como resplandece uma cortina quando a luz aumenta lentamente por detrás. Dela caíam serpentinas douradas em forma de cunha, marcando as árvores no vale verde e nos povoados marrom-azulados. No céu atrás de nós, ilhas brancas nadavam em lagos azul-claros. Era um céu aberto e límpido, mas à nossa frente uma acumulação de neve fofa tinha se formado. Entretanto, enquanto observávamos, víamos que ela se mostrava, aqui e ali, desfeita e rala. O dourado aumentou por um tempo, fazendo a alvura derreter-se e virar uma gaze flamejante que se tornava frágil, cada vez mais frágil, até que, por um instante, vimos o sol em todo o seu esplendor. Então houve uma pausa. Houve um momento de suspense, como o que precede uma corrida. O juiz, com o relógio na mão, contava os segundos. Agora foi dada a partida.

O sol tinha que correr através das nuvens e alcançar a meta, que era uma delicada transparência situada à direita, antes que os sagrados segundos chegassem ao fim. Ele partiu. As nuvens lançavam todo tipo de obstáculos em seu caminho. Elas se obstinavam, elas atrapalhavam. Ele arremetia através delas. Podia-se senti-lo, quando estava invisível, disparando e voando. Sua velocidade era tremenda. Agora estava à vista e vivo; agora, encoberto e sumido. Mas sempre se podia senti-lo voando e avançando através da escuridão em direção à sua meta. Por um segundo, ele emergiu e mostrou-se para nós através de nossos óculos, um sol escavado, um sol crescente. Era prova, talvez, de que estava dando o melhor de si para nosso proveito. Agora fazia o seu último esforço. Agora estava completamente coberto. Os momentos passavam. Todos conferiam seus relógios. Os sagrados vinte e quatro segundos tinham começado. A menos que conseguisse superar as dificuldades antes que o último segundo tivesse terminado, ele perdera. Contudo, podia-se senti-lo rasgando e correndo por trás das nuvens para conseguir passar; mas as nuvens o retinham. Elas se espalhavam; se adensavam; retardavam-no, amorteciam-lhe a velocidade. Dos vinte e quatro segundos restavam apenas cinco, e ele ainda estava obscurecido. E, à medida que os fatais segundos passavam e nos dávamos conta de que o sol estava sendo derrotado, tinha agora, na verdade, perdido a corrida, toda a cor começou a desaparecer da charneca. O azul tornou-se roxo; o branco tornou-se lívido tal como na iminência de uma tempestade violenta mas sem vento. Faces rosadas tornavam-se verdes, e ficou mais frio do que nunca. Era a derrota do sol, e isso era tudo, assim pensamos nós, voltando-nos, desapontados, do inexpressivo lençol de nuvem à nossa frente para as charnecas atrás de nós. Elas estavam lívidas, elas estavam roxas; mas de repente nos demos conta de que algo mais estava prestes a acontecer; algo inesperado, horrível, inevitável. A sombra que se tornava cada vez mais escura por sobre o charco era como o adernamento de um barco, o qual, em vez de se endireitar no momento crítico, inclina-se um pouco mais e depois um pouco mais ainda; e de repente vira. Foi desse jeito que a luz adernou e virou e foi embora. Era o fim. A carne e o sangue do mundo estavam mortos e restava apenas o esqueleto. Ficaram dependurados abaixo de nós, débeis; pardos; mortos; mirrados. Então, com algum movimento minúsculo, essa profunda mesura da luz, essa submissão e esse rebaixamento de todo esplendor chegou ao fim. Lepidamente, no outro lado do mundo ele se ergueu; surgiu como se um movimento, após uma segunda e terrível pausa, completasse o outro e a luz que morrera aqui tivesse se erguido de novo alhures. Nunca houve sensação igual de rejuvenescimento e recuperação. Todas as convalescências e paradas da vida pareciam combinadas numa só. Contudo, no começo tão pálida e débil e estranha, a luz, como um arco-íris, estava toda sarapintada de um disco de cores que era como se a terra jamais pudesse viver enfeitada com tão débeis tons. Pendurava-se atrás de nós, como uma gaiola, como um aro, como um globo de vidro. Podia ser estourada; podia ser extinta. Mas, firme e seguramente, nosso alívio aumentava, e nossa confiança se firmava à medida que o enorme pincel encharcava os escuros bosques do vale e empastava de azul as colinas acima deles. O mundo se tornava cada vez mais sólido; tornava-se populoso; tornava-se um lugar em que um infinito número de fazendas, de vilarejos, de ferrovias encontrava guarida; até que a fábrica inteira da civilização estivesse moldada e modelada. Mas, ainda assim, perdurava a memória de que a terra onde nos alojamos é feita de cor; que a cor pode ser extinta; e então nos assentamos numa folha morta; e nós que agora palmilhamos a terra com segurança a víramos morta.

Mas o olho ainda não nos dispensou. Na busca de alguma lógica própria, que não podemos compreender imediatamente, ele agora nos apresenta uma imagem, ou melhor, uma impressão generalizada de Londres num dia quente de verão, quando, a julgar pela sensação de choque e atropelo, a estação está no seu auge. Levamos um instante para nos dar conta, primeiro, de que estamos em algum jardim público, depois, pelo asfalto e pelos sacos de papel jogados pelo chão, aqueles devem ser os Zoological Gardens, e, depois ainda, sem mais aviso se nos apresentam as efígies completas e perfeitas de dois lagartos. Após a destruição, calma; após a ruína, firmeza – essa talvez seja a lógica do olho. De qualquer modo, um dos lagartos está montado, imóvel, nas costas do outro, com apenas a piscadela de uma pálpebra ou o retraimento de uma ilharga a mostrar que eles são feitos de carne viva, e não de bronze. Toda a paixão humana parece furtiva e febril ao lado desse êxtase estático. O tempo parece ter parado e estamos em presença da imortalidade. O tumulto do mundo desceu de nós como uma nuvem esfarelada. Aquários recortados na uniforme escuridão encerram regiões de imortalidade, mundos de luz solar constante onde não há chuva nem nuvens. Seus habitantes fazem, sem parar, evoluções cuja complexidade, por não ter nenhuma razão, parece ainda mais sublime. Exércitos azuis e prateados, mantendo uma distância perfeita apesar de serem rápidos como flecha, disparam primeiro para um lado, depois para o outro. A disciplina é perfeita, o controle, absoluto; a razão, nenhuma. A mais majestosa das evoluções humanas parece fraca e incerta comparada com a dos peixes. Além disso, cada um desses mundos, que talvez meça um metro por um metro e meio, é tão perfeito em sua ordem quanto em seus métodos. Por florestas, eles têm meia dúzia de bambus; por montanhas, dunas; nas curvas e nas estrias das conchas reside para eles toda a aventura, todo o romantismo. O surgimento de uma bolha, desprezível alhures, é aqui um evento do mais alto feito. A gota prateada abre caminho através da água, subindo uma escadaria em espiral, para estourar contra a lâmina de vidro que parece servir de tampa. Nada existe desnecessariamente. Os próprios peixes parecem ter sido moldados deliberadamente e ter escapulido para o mundo apenas para serem eles mesmos. Não trabalham nem choram. Na sua forma está sua razão. Pois para que outro propósito, a não ser o suficiente de uma perfeita existência, podem eles ter sido assim feitos, alguns tão redondos, outros tão finos, alguns com barbatanas radiantes no dorso, alguns blindados por uma carapaça azul, alguns dotados de garras prodigiosas, alguns escandalosamente orlados com bigodes enormes? Empregou-se mais cuidado com uma meia dúzia de peixes do que com as raças da humanidade. Sob nossas sedas e nossas lãs não há nada exceto a monotonia da rosada nudez. Os poetas não são transparentes até a medula como esses peixes são. Os banqueiros não têm garra alguma. Os próprios reis e rainhas não são dotados de folhos ou franzidos. Em suma, se fôssemos jogados nus num aquário... mas basta. O olho agora se fecha. Ele nos mostrou um mundo morto e um peixe imortal.

1. Virginia descreve aqui, poeticamente, sua impressão do eclipse total do sol de 29 de junho de 1927, supostamente visível numa estreita faixa do globo, que incluía o norte da Inglaterra, e previsto para começar às 5 horas e 24 minutos da manhã e durar apenas 24 segundos. Como milhares de outras pessoas naquele país, ela se deslocou, na companhia do marido, Leonard Woolf, de Vita Sackville-West, a inspiradora de *Orlando*, e de mais quatro amigos, para um local (Richmond, na região de North Yorkshire) onde as condições de visibilidade prometiam ser as melhores. Mas o dia amanheceu encoberto de nuvens carregadas e até chuvoso. Em algumas partes do país, as nuvens simplesmente não se desfizeram durante todo o curto período (24 segundos) em que durou o eclipse, impedindo que o fenômeno fosse observado. No ponto de observação em que Virginia e seu grupo se colocavam, as nuvens, como ela mesmo descreve, deram uma trégua apenas nos 4 ou 5 segundos finais do eclipse, permitindo ao menos uma visão instantânea do eclipse total. É essa corrida, entre o sol e as nuvens, que Virginia descreve nesta passagem, uma corrida da qual, de maneira paradoxal, o sol, na metáfora da autora, só sairia vencedor se ficasse inteiramente coberto, mas, nesse caso, pela lua e não pelas nuvens.

EDITORA RESPONSÁVEL
*Rejane Dias*

EDITORA ASSISTENTE
*Cecília Martins*

CAPA E PROJETO GRÁFICO
*Diogo Droschi*

DIAGRAMAÇÃO
*Christiane Morais*

REVISÃO
*Cecília Martins*

**Dados Internacionais de Catalogação na Publicação (CIP)**
**(Câmara Brasileira do Livro, SP, Brasil)**

Woolf, Virginia, 1882-1941.
O sol e o peixe : prosas poéticas / Virginia Woolf ; seleção e tradução Tomaz Tadeu. -- 1. ed.; 4. reimp. -- Belo Horizonte : Autêntica Editora, 2025. -- (Mimo)

ISBN 978-85-8217-487-6

1. Contos ingleses 2. Crônicas inglesas I. Título. II. Série.

14-11438 CDD-823.91

Índices para catálogo sistemático:
1. Contos : Literatura inglesa 823.91
2. Crônicas : Literatura inglesa 823.91

**Belo Horizonte**
Rua Carlos Turner, 420
Silveira . 31140-520
Belo Horizonte . MG
Tel.: (55 31) 3465 4500

**São Paulo**
Av. Paulista, 2.073, Conjunto Nacional
Horsa I . Salas 404-406 . Bela Vista
01311-940 . São Paulo . SP
Tel.: (55 11) 3034 4468

www.grupoautentica.com.br
SAC: atendimentoleitor@grupoautentica.com.br

Este livro foi composto com tipografia Bembo e impresso
em papel Off-White Bold 90 g/m² na Formato Artes Gráficas.